DISCO DUBLÊ

DISCO DUBLÊ

Mauricio Salles Vasconcelos

2018

KOTTER
EDITORIAL

Editor: Sálvio Nienkötter
Editora-adjunta: Bárbara Tanaka
Editoração e capa: Manoela Leão
Revisão: Germano Weirich
Produção: Cristiane Nienkötter e Raul K. Souza

Dados Internacionais de Catalogação na Publicação (CIP).
Andreia de Almeida CRB-8/7889

Vasconcelos, Mauricio Salles
Disco dublê / Mauricio Salles Vasconcelos. – Curitiba : Kotter Editorial, 2018.
240 p.

ISBN 978-85-68462-70-6

1. Literatura brasileira 2. Música - Ficção 3. Discotecários - Ficção I. Título

CDD B869

Texto adequado às novas regras do acordo ortográfico de 1990, em vigor no Brasil desde 2009.

Kotter Editorial Ltda.
Rua das Cerejeiras, 194
CEP: 82700-510 - Curitiba - PR
Tel. + 55(41) 3585-5161
www.kotter.com.br | contato@kotter.com.br

Feito o depósito legal
1ª Edição
2017

SUMÁRIO

ROTAÇÕES DE UM DJ SOLITÁRIO

VAZANTE

ROTAÇÕES DE UM DJ SOLITÁRIO

"Eis-me, portanto, sozinho na terra..."
(Rousseau, *Devaneios de um caminhante solitário*
– Primeira Caminhada)

1

TODOS OS SANTOS/EQUIPES DE SOM

Fui deixado na companhia maquinal, convidativa no mesmo minuto, composta por música. Mesmo feito para multidões – mercados – , o som ouvido neste momento parece coisa só de um (daquele que o recepciona). Até ser lançado onde não há mais eco (nenhum refrão, apenas os timbres da balada pegajosa que fica horas a se impor como o tema do meu quarto).

Por acaso, eu, cercado por música – até que tenha se formado, na pessoa que escuta programação especial de rádio e sábado, uma presença além do quarto, pela casa adentro.

Não ser nada mais do que o efeito de prolongamento: o da música. Do que vem fácil, e sempre alheio. Promessa de tudo, quanto mais se escuta, se coleciona e são repetidos os sons. Existe uma coincidência entre mim e a cidade onde estou (música chega até a janela do quarto e volta a se irradiar a partir daqui, porque faço questão de deixar o som tocar bem alto).

A cidade coincide comigo, nesse minuto, feito um patamar-de-obra preenchido por intervalos de luz e possíveis vultos humanos. Todas as coisas que vejo aqui dentro, como componentes do quarto, quando passo pela janela.

Acompanhado por música. Habitantes, não tão próximos, fazem uma conjunção com o que estou acabando de viver. Nesga de noite – patamar/cidade. É daqui que escuto os mais novos sons, com a impressão bem viva de início, de um nascimento ou surto, por conta, unicamente, dos discos que estão tocando. A noite se estira, está a favor, aberta, sem antecedência, sem contraponto a nada mais.

EQUIPE BAILE BAIRRO TODOS
OS SANTOS – MEGA PRODUÇAO
DA NOITE – GRÁTIS –

Os anúncios tomam o sentido dos lugares por onde eu passo, isolado ainda, mas tentado o tempo todo pelos cartazes. Entre as ruas e as pessoas, antes mesmo de ouvir o "som da noite", eu me concentrava nos cartazes, chegando a criar percursos inteiros a partir das propagandas coladas em postes e paredes.

Parecia, para mim, impossível chegar perto de qualquer um dos aficionados pelas bandas novas compostas por *disc-jockeys* (quando assim eram conhecidos) ou simples colecionadores, como todos nós, de discos, armados, porém, de um portentoso instrumental de re-transmissão. Numa noite dessas, eu entrei na fila, como se estivesse continuando a ler cartazes. Só que agora sem marcar diferença entre caminhada e espera junto ao amontoado de jovens iguais a mim nos gestos mais particulares. Eu, por exemplo, vou sendo conduzido pelo chamado único, que soa como último, noturno, confundido com a vida e a passagem da época de todos nós agrupados, seja o que for, para acontecermos bem aqui. Sem mais demora.

Certa noite, eu desci do apartamento para provar tudo bem de perto.

Desci do foco de noite e música em volta do abajur – arame de watts agrega o quarto sem mais minha presença.

Sem maior senso de rumo, dei de caminhar na rua, onde eu pensava habitar, a partir do que podia abarcar a janela de casa. Sob o sentido do som e do que eu vivia – quando tudo era distância, luzes de música e cidade tomadas em um panorama, um painel vivo para o quarto de uma só pessoa.

Os freqüentadores da Equipe, hoje no bairro Todos os Santos, não demoram muito a se aproximar uns dos outros. Há um sinal bem claro de que tenho agora de dar conta do instante e do sexo que possuo como nunca antes. Nada foi feito por mim, antes desse segundo aflito para ser repartido, haja o que houver (só hoje). Nem para mim deve ser guardado o corpo que vai caminhando um pouco mais para frente, chegando até a beira do palco onde acabam de ser montadas as caixas de som.

Muitas pessoas me olham e vou me perdendo depois desses olhares. Gosto de todos, não há como escolher. Não há porque eu ficar perturbado com isso. É engraçado, digo a frase para mim mesmo, para notar em seguida que tudo é coletivo. A começar do que se parece tão íntimo, intransferível. É, justamente, aí que a coisa pega, junto com uma volta pela noite-de-som.

Dou início a um primeiro olhar na direção de alguém, e logo vem outro de um sexo diferente, na outra ponta do espaço de som/show que já foi açougue e, também, casa de família. Um detrito de imóvel há poucos meses ocupado. Agora todo mundo nota – uma mulher é um dos Djs da noite.

A Dj toca praticamente todas as músicas que escutamos nos últimos meses, atrás de portas, pendurados em nossos transistores.

E mais: toda a seleção que ela vai criando, monta seqüências sem deixar fôlego. Fica sem dar trégua, imprimindo, porém, uma continuidade às canções dispersas pelo *dial* do dia após dia. Ela parece estar em um diálogo duradouro, vertiginoso com nossas sensações mais secretas.

Não pode existir pessoa mais solitária do que eu – é o que fico a conferir noite afora, repetindo um refrão, pelo avesso de uma conversação mantida apenas comigo?

A única forma que vejo, no momento, de travar contato com alguém vai ser me lançando no som. É uma forma indireta, eu sei, de ficar acompanhado esta noite (de fato, a primeira), mas se mostra, por outro lado, como a mais evidente.

Se o som se interrompesse nesta justa hora, todos nós nos veríamos mais perto um do outro do que realmente estamos. Bem por isso, jogo todo meu foco para a executante da música seriada à qual vou me entregando, tendo junto de mim uma pessoa, um garoto com o olhar comprido, castanho, bem parecido com o meu: Lollipop é o nome da DJ.

– Não pode existir pessoa mais solitária do que eu. Era o que eu repetia por uma bela quantidade de anos, antes de fazer do pequeno clube do bairro, sede da Equipe de Som Todos os Santos, uma extensão do quarto (abajur, janela, cidade).

Tudo o que eu sabia sobre o minuto em que eu estava crescendo e ganhava distância ao querer entrar no som em transmissão nessa hora, até o fundo (cidade, constelações dispersas).

– A DJ Lollipop foi o início, a festa, enfim. Nunca antes, o DJ Vazante declarou com tanta fluência, com a força de um depoimento, nada a respeito da mulher com quem viveu. Foi na companhia dela que tudo começou a ganhar importância em seu trabalho com música.

O comentário de Jan, jornalista entrevistador, e também produtor, da Série *Culturas do Som,* reforça para mim a situação bem clara de que "Vazante chegou a uma espécie de cume no universo DJ". Não é por acaso que posso agora falar de Laureana, Lollipop, com firmeza, sobrepondo um outro sentido ao passar do tempo entre trilhas de som. Antes, eu apenas compus listas e preferências para a noite, para as décadas que iam se sucedendo, como acontecia em inúmeros magazines. É só por isso a razão de estar rolando de forma fluente, tão tranqüila, como um fundamento, o nome de Lollipop: um marco, não apenas do que foi vivido, mas, em especial, daquilo que foi ouvido tal como o que se vive, no pique máximo das músicas tocadas. No limite de um coroamento, ao infinito, do que há-de-mais efêmero.

(Em *off,* depois da entrevista, numa breve menção à antiga executante de faixas sonoras pela noite, soltei o nome *Lollipop* para Jan Grinberg, liberando-me de uma espécie de segredo ou segregação do muito que vivemos, e também escutamos, um ao lado do outro, bem no instante em que o desenho/depoimento de uma vida, desde agora a origem, vai se tornando mais nítido).

Por que não há nada a ser omitido. Aquilo que é mais secreto está sempre a serviço de uma exposição, algo comum ao trabalho do exibidor, fazendo *mix* das possíveis trilhas para a música, segundo o senso de simultaneidade compartilhado com uma multidão de rostos diferentes, curiosamente intransponíveis. "É como se o nome da DJ Lollipop devesse substituir o seu" (Não paro de pensar como uma nota em resposta, mesmo Jan estando ausente, já). Justamente, no momento em que é gravado meu testemunho para o arquivo videográfico da Rede NeoEuropéia de TV (WARSAW), na Varsóvia real após todos os desastres. Todos os milagres. O DJ Vazante chega a cruzar com peças sagradas da igreja polonesa enquanto percorre os corredores da Emissora, um das entidades culturais mais representativas da hora, avaliada como um dos grandes símbolos irradiores da ideia de Nova Europa.

Depois de uma temporada exaustiva por toda a Comunidade, o súbito convite – antes de seu retorno a SP – para dias de gravação *em memória da música mais nova do século*, não deixou de ser animador. O sentimento, porém, que passa a me seguir é o de dispor apenas como dado concreto uma vida em produção crescente, por mais que eu tenha feito a festa perfeita. Como se tudo estivesse no ponto de se decompor, no embalo de uma a outra tendência sonora no planeta e eu estivesse sendo levado junto. Nenhuma outra direção é apontada, a não ser as espirais de possibilidades que a música vai lançando entre a novidade e o material-de-arquivo.

A menção a Lollipop despertou um imenso interesse do entrevistador e produtor Jan Grinberg. "Ela não produziu nenhum disco", eu replico, sem outro adendo para o fim da entrevista.

Atravesso o *hall* forrado de veludo, sem tirar o olho da cruz acima do Painel Europa – o novo mapa continental a ostentar todas as etnias ali incluídas.

Terminei meu testemunho para a Série Cultural. Estou do lado de fora da Emissora e não vou ter mais a companhia de ninguém, mesmo a deste conversador bem articulado, munido de dados raros, precisos, sobre História e Música.

"Estas horas de solidão e de meditação são as únicas do dia em que sou plenamente eu mesmo e em que me pertenço sem distração, sem obstáculos..."

(Rousseau, *Segunda Caminhada*)

2

FANZINE

SUBÚRBIO

HORAS-SEM-CONDUÇÃO

Warsaw, 13 graus. Jan Grinberg sabe tudo sobre mim. Principalmente agora que foi mencionado o nome Lollipop. Mulher, aura, onda desfalescente de som. O repórter da TV NeoEuropa irá à cata da pista.

Palácio da Cultura e da Ciência, o volumoso legado do século de Stálin, de repente aberto para quem está aqui. Não, eu preciso de um parque. *Lazienki.* Não é difícil fazer convergir a prontidão dos meus passos com o que rezam os guias turísticos disponíveis em qualquer recanto da cidade, como se fossem produzidos no calor do momento, com o fervor de uma novidade histórica para ser desfrutada imediatamente, sem outra chance de retorno.

Como se fossem fanzines, só que revestidos de cores e de alta definição gráfica. *Chopin Museum.* Fazia tempo que eu não caminhava. O parque começa a se descortinar como que implicado numa questão de fotografia e horizonte. Algo em torno da monumentalidade do estar-sozinho diante do que há de mais aberto, direto, exuberantemente natural, dependente, porém, dos passos que apenas eu posso dar.

"Nunca vejo sol, nunca vejo gente de perto", bate a estaca da voz, por acaso saída de mim mesmo. Por hábito, talvez, quero descansar com urgência, na tentativa de impor qualquer frase sobre exaustão exatamente agora que eu vou ter um tempo grande, livre, para isso. Pois já finalizei meus "concertos" (aqui termino o *tour* pela Europa Nova). O sol traz sempre sabor de fim, na hora que a gente depara com ele no nosso olho.

Alguém chega e me oferece um demônio-da-tasmânia, aquele animal portador da maior bolsa para filhotes existente na biologia, como uma infinitude de coisas minúsculas dadas em vistoria. O rapaz traz um rosto tosco e desprotegido. Carrega um saco com os animais, num misto de violação e sobrevivência.

Em um quiosque beira-rio, vê-se um *pocket* de Gombrowicz. Ainda é cedo para a multidão de caminhantes desaparecer. Todos se identificam com qualquer tese triunfante – saúde, recuperação histórica, natureza a ser gozada como uma oportunidade do tempo nunca mais vista, nem reproduzida. Paro e leio algumas páginas vertidas sob a forma de livro--de-bolso, à espera, quem sabe, da dissolução da marcha energética dos *joggers* que me corta o ritmo enquanto rumo ao parque, na direção do rio.

Copas de árvores entre os meandros graciosos das alamedas...o jardim percorrendo-as docemente até os pés de tília, atrás das quais o espelho escondido do lago...como se fosse uma aparição de outros tempos, dos tempos findos de antes da guerra...

Posso dizer, só por um breve tempo, que a tendência da marcha do fim-da-tarde vai rareando, para variar, logo em seguida, em blocos esparsos de meditadores autônomos, caminhantes solitários, em pontuação, nas distâncias de um lado e outro do rio. É preciso, então, que eu vá me movendo, porque agora os mais novos praticantes de *exercício físico* estão parados.

Aproveito, nessa minha primeira passada depois de sofrer a interrupção dos grupos formados por todo tipo de atleta ou consumidor de lazer a céu aberto, para contatar o que mais queria, a natureza ou o nome do lugar como algo típico, que não está apenas nas caras e nas vozes das pessoas. Algo que, possivelmente, teria de ver com o que é imutável e nutre qualquer vida. Mas só pudesse ser visto na urgência, mesmo sendo retido como um quadro para ativistas da meditação. É um nome, juntamente com um estado de coisas que, também, estão em nós, nos nossos corpos tomados como nunca nessa caminhada, no que há de mais frágil, fugitivo, bem hostil a qualquer comunicação diferente de um escorrimento, de uma corrida deliberada pelas margens.

Dá para ver agora enquanto me movimento, e estico os braços – a tatuagem faz um alongamento –, o sol, como que enviando uma saudação. É seu ponto mais vivo e coincide no mesmo ato com o poente crescente, em vivaz exposição. As luzes, nesse instante, é que se tornam mais acesas. A noite só dá continuidade a isso, para se fechar não em um último plano de luz, mas na combinação girante de efeitos.

Eu quero mais sol. Contudo, o que vem, de um instante para o outro, incha para morrer bem de frente. É só isso, em Warsaw. Fico com formigamento no olho por um microminuto. As árvores já mudam, ganham outro ar (como que se enterram em imagens de sono, em um distanciamento sem volta, parece).

Essa é minha meditação: devo dizer para mim (a meditação é isso, dizer-em-si, "e, assim, até não me repetir"). O sol faiscou demasiadamente no momento em que me via liberado dos grandes grupos, embora integrado, dentro da paisagem, à multidão esparsa de contempladores solitários. Núcleos humanos/arbustos/distâncias de diferentes meditadores, com suas senhas, olhos abertos ou fechados, bem à mostra dos elos onde se inscrevem seus silêncios.

À beira do rio, a viração azul preta púrpura não está mais na natureza. Ao pensar que, na caída do crepúsculo, eu poderia andar sozinho, vejo a chegada de um grupo embalado para a noite. Outras pessoas vão se somando, como que fazendo uma maratona rumo ao centro fervilhante da cidade, que logo é avistado atravessando-se a ponte pequena (marco do fim do parque e do início de um novo, como que não interrompido, itinerário).

Preciso ficar sozinho. Preciso, é o que devo concluir, então. Como a voz que se segue a uma meditação (ou a uma longa entrevista, gravada em três dias, na TV Continental).

"E aí, diante desse verde ilimitado, com pessoas difusas nas margens? E agora, na noite que se abre, feito um sinal indesviável, apontado para outras pessoas, muito próximas e disponíveis? Enquanto os olhares se embalam com som enfileirado, cubos de gelo, pedras de *crack*, vultos em dança, até se dirigirem para o mesmo lugar? Você vai ficar sozinho o dia todo? Em Varsóvia?"

Em cima da ponte, apenas meu olhar fica entretido com a mutação da água que passa logo embaixo e, de fato, desaparece sob uma camada de luz neutra vinda do céu constelado. Reviro a mochila em busca do celular, preciso dizer a Dave, meu empresário, que não vou estar com ele, para um *drink*, ou, talvez, uma espiada na cena noturna polonesa.

"Hoje não vou estar no Hotel. Encontrei uma pousada. Na verdade, a réplica de uma casa típica varsoviana. Bem para as bandas do Parque. Mas não fica longe do Centro, Dave. Amanhã eu estarei com você. A gente pode conversar sobre o fim da turnê durante a viagem. Faremos todos os acertos, do jeito como você gosta. Não, eu não estou com ninguém. O nome da pousada é Pozn. Podemos marcar as 11. Quero ficar aqui."

É como um recado que deixo afixar na porta ou, senão, o modelo impessoal de uma assinatura *on-line.* Conheço o tom da minha voz desorbitada de qualquer tipo de conversa. Tudo sugere que não gostaria mais de me encontrar com Dave. Muito louco, pensar e dizer assim. Sobre a ponte não há mais nada. O parque acabou. Varsóvia é uma casa ostentada, com velhos dentro, animais pequenininhos e bibelôs assinalados com data, com os dedos de seus colecionadores ali impressos, maiores do que seus objetos próprios. Colecionadores de relíquias, bichos e, depois, homens.

POZN cria uma forçosa intimidade que não vem mais de nenhum outro lugar. Só na entrada há esse susto de uma noite passada dentro de um nicho de lembranças impossíveis de serem compartilhadas. Os quartos são, no entanto, do tempo atual, prezando pela autonomia do freguês. Têm conforto e um toque incisivo de luxo pela forma como são ofertados chocolates nacionais e miniaturas de vodka, no interior de uma cápsula de veludo movida por tv a cabo.

Esqueço tudo isso, para ficar apenas com a luz do abajur (uma armação de tecido grosso, vejo depois, onde a imitação de uma paisagem acaba sendo, no fim de tudo e do dia, igual ao lugar onde o hóspede deseja se recolher nesse exato segundo).

A armação de tecido parece continuar na lâmpada (parece costurada, como um cubículo de arame farpado, um circuito de fios bem cerzidos dentro da luz que vai dar em surpresa e sono).

Sono de meia-hora. Abro a janela, para tentar ver, logo na seqüência dos paralelepípedos dispostos bem abaixo de onde estou, o movimento dos bares, dos clubes (há uma propagação incessante de refrões eletrônicos). Não há mais pessoas na rua.

"Não, não eu não conheci ninguém". Quer dizer, hoje, em Varsóvia. Quero dizer, desde sempre, sem nunca desfrutar plenamente de pessoa, lugar e tempo?

"É "uma" me levantar agora e sair? – em continuidade a mais outro ciclo de música (tal como acabou de registrar o testemunho-tv). Vou perder algo deflagrador nos rumos sonoros do planeta, se eu não me ausentar da pou[illegible]

Não, talvez se[illegible]le acontecer com freqüência, no meio da noite, durante[illegible]ar os fusos, as identidades, enquanto as montagens de[illegible] feitas sem mais fronteira de onde começa e termina[illegible]

As pessoas esb[illegible]n, em cima da ponte, no rumo da noite, enquanto o [illegible]do rio iam se findando. Rumo aos clubes, às células el[illegible]e às luzes giroscópicas que projetam apenas essas me[illegible]ando a noite entra.

As pessoas esbarra[illegible]ona, sem se darem conta, imediatamente, de quem é o h[illegible] – óculos enormes, porém, negros e muito sóbrios. Aque[illegible]homem ali com um resto de sol, só de memória, como se estivesse ainda na região do rosto aquilo que não é mais nada e fica ardendo como a última das imagens ou, "vai lá se saber", o último grau de uma projeção voluntária de luz, dizendo apenas respeito a ele (em uma ordem de coisas que nada tem a ver com qualquer outra pessoa).

Aquele é um DJ muito conhecido, alguém parece dizer para outro alguém, no final do dia, assim que bato na porta da pousada e dou uma olhada geral no ambiente, assim como no trânsito dos passantes. Um deles me aponta, tao logo sou abrigado pelo casal de velhos, persistente em tudo (do casamento à manutenção da Sala-Polônia) de receptivo e resguardador. Como se eu tivesse encontrado o único ponto de luz ao fim de um dia no parque, rio adiante. Como se esse lugar fosse a mais explícita, a mais exposta das hipóteses para alguém que empreendesse um trajeto longo, mas entrecortado o tempo todo pelas vizinhanças do itinerário de um homem muito sozinho.

– Esse timbre é meu. Na "maior", um trecho inteiro de *Beijing Over Night Suns* – só que eu não vou descer da pousada, já sei como é cair de boca no cerco dos clubes: cada nação termina na alucinação de um *espaço eletrônico* com muitos e desregrados frequentadores; a única imagem de noite e de gente reunida por onde quer que uma pessoa vá hoje em dia pela terra, de um a outro ponto.

– É a faixa de abertura da coletânea de música-de-pista, sutilmente, extraída de mim, do tempo vivido em *pesquisa e viagem para remontar o hino chinês do partido* (bem soube reconhecer Jan Grinberg).

A agenda não me nega a razão; o texto do crítico polonês para a revista está aqui debaixo da foto do último corpo com quem me deitei, abraçado ao meu, num flagrante. "Auge da Europa antes da crise se orienta por núcleos temáticos (...) a música é um modo de apreender formações coletivas globalizadas" (*Insert* do programa *Club War Warsaw Waves*). E a noite, uma travessia pelo avesso, um "arrastão" de coisas a me devolver para um ponto que parece o princípio e surge como um novo confronto com o quarto, a parede branca e sem beira.

A agenda é deixada ao lado do abajur (vem como virgem o medo de ficar no escuro, da perda do tempo se não me movo logo daqui para alguma ação ou sonho).

Rave, rêverie – não o sonho, e sim o sono dentro da noite sem enfeite, sem escape (Agenda, Próximo Ano).

Principalmente agora, mais do que o medo e a duração (como se fosse para sempre) do quarto do solitário, o som faz a festa lá fora e é a minha música mesmo que escuto. Só que hoje devo permanecer na pousada, na distância do que se passa. Talvez, pela loucura de ter o pensamento, seja de que modo for, fixado em algo do tipo *a importância do registro na tv* da minha voz e face, de algo raptado da minha memória.

Lollipop está se apresentando no Circuito Sábado Tarde da Noite. Algumas palavras a acompanham, de modo a se convencer do que ela anda fazendo com aulas de guitarra e oficinas de poesia depois que acabou a universidade.

"Agonizar – mover corpo e outra festa – Acontecer". Tem vontade de rabiscar no bloco, mas logo se liga no desmonte das caixas de som agora que a

kombi chegou, e, juntamente, com o carro da equipe o homem com quem ela está vivendo há dois dias. Entre eles existe uma criança que ninguém sabe que está nascendo.

Aquele garoto sub-reptício. Ela, um dia, gostará de lançar com a criança no colo os olhos onde começa a colina próxima do lugar que acabou de alugar todo forrado de desenhos e notas sobre música e o que existe de imediato, ao lado do seu novo homem, cacheado e muito alto (tem um abraço de lã mesclado com o mel que ele bebe concentradamente, ao mesmo tempo em que se interessa por tecnologias de som).

Os dois estão deitados numa colchonete em cima do palco onde irão apresentar Tarde da Noite no momento em que, do lado de fora, a uma pequena distancia, eu me meto na fila do Circuito Sábado e deixo morrer meu olho na outra ponta da rua. Fico de mira em uma pequena massa noturna de caras com cerveja barata, à procura de Zael.

Ela mesma me disse tudo o que aconteceu naquela noite – Laureana (Lollipop) tinha agora uma casa, e junto com ela alguém, assim podendo reservar uma parte do dia e do espaço dividido para notas, projetos e palavras que o próprio bloco atrai, impõe, carrega sobre o branco. É para esse branco que tudo vai. "É o que eu mesmo aqui em segredo acabo dizendo e vivendo (no lugar do bloco)".

Zael evitou beijar minha boca no meio do público em fila, mas não largou mais minha mão, disfarçada sob o punho do agasalho.

A gente está junto há menos de um mês, e é o segundo show com Lollipop que a gente vê. Agora, em outra condição, como que comemorando o batismo de tudo (virgindade de ter outro igual, um homem, tal qual, tudo muito novo é o que ocorre e consegue durar).

Foi numa dança lado a lado que nós dois não quisemos mais sair dessa intimidade feita ao lado, como que demorando muito para cada um virar o rosto que não esconde mais o outro rosto e vem justo do lado. Como que aberto para qualquer um. O primeiro a chegar. Ou o mais próximo.

Somos nós dois. Uma coisa só inventada por dois. Eu penso, me preparando para dizer na maior, já na entrada do Clube. Só que não tiro mais meu olho da DJ Lollipop.

Assim que ela começa a empilhar seus vinis (escolhidos para a noite unicamente por causa de suas capas), fico decidido a inclui-la como centro do fanzine que Zael e eu estamos preparando. Ele desenha. Eu escrevo. Lollipop seleciona discos, escritos e figuras, que logo põe em execução ao subir no palco.

Tudo espontâneo, mas ativo, além da conta e da hora. Ela não quer ser chamada de Disc-Jóquei ou de agitadora cultural da música de agora.

FILA – FANZINE (entrevista)

Entramos pela sala de Laureana e Mareu. O casal vai ter um filho no meio do ano. Eles acabaram de saber. No entanto, para a nova animadora da Equipe de Som Trilhas da Rua, *seus projetos com a música e as mais novas noites da cidade mal começaram.*

Eu e o fotógrafo-pintor Zael de Aléssio tivemos acesso não apenas às inquietações de uma Lollipop recém-casada, recém-revelada da vinda de uma criança. Lemos, ouvimos e fotografamos o que se pode chamar de universo de uma mulher jovem, criativa, nutrida de todas as referências, como uma casa que ela deixa aberta,

Corredor de Vinis

Cadernos e Cenas (In Loco)

Jardim EntreMuros (Espaço fictício da Criança por Vir)

– Meu trabalho básico com o som é flagrar o que acontece depois que a música vira dança. Depois de se tornar chiclete-clichê e, então, tomar nosso pensamento em um ritmo externo, o tempo todo presente. E depois passa.

(Lollipop nos leva até a microcozinha e nos serve uma sobremesa de visita, colorida, recortada em potes de formatos diferentes)

– Em vez de ser perguntado em revistas, resenhas, conversas de fãs/ experts sobre canções e suas listas de coisas ao redor, em suspenso: Quais as maiores músicas da década, do século que está para acabar e já começa, de novo, como milênio? Eu pergunto na hora: Para onde é que vai a música depois que ela passa?

Ouço – mais do que vejo – o que se chama de trabalho e função do Disc--Jóquei na noite. Em relação às pessoas nas cidades de hoje, como nunca vão estar se não houvesse uma repetição em sintonia – um lugar entre dispersões e diferenças de tempo, da pulsação no corpo de cada um.

No lugar vacante, bem no centro das distâncias que se chamam mundo, a música torna as pessoas atuais, em escuta, em contato. Só, assim, curiosamente vivas.

Não sei quanto vai durar o projeto Equipe de Som, quanto vai render a figura do Disc-Jockey. Apenas observo – e logo sinto como a coisa mais viva e reveladora – que é no trajeto pelas ruas – um deserto, um vazio – , o que acontece como futuro ou o que se entende como som.

O que acontece depois que a música passa?

Essas palavras são fotografadas do caderno capa dura, notas de um condomínio perdido pela primeira família. Bloco de escritura. Laureana Lira de Fraga.

O xerox do fanzine Fila deixa uma borra de preto nas margens da foto. Faz do que é legível um contradocumento, uma mancha perecível como que tornando mais vazados do que legíveis os dizeres de uma pessoa ou as figuras de um texto transcrito da fala de alguém.

Nenhum de nós três envolvidos naquela entrevista podia supô-la como a última da DJ Lollipop (dentro de um preciso, bem destacado em sua distância, círculo do tempo). Ela, também, não faria – tão-logo, como a indicar não mais – nenhuma outra noite de Som.

Difícil demais imaginar ao lado de Zael todo esse fecho, quando nós dois estávamos ligados na tomada da Equipe *Trilhas de Rua*. Um embalo que vai nos levar às esperas enormes de condução para os subúrbios depois do *show*. Esperas noturnas como um sinal redutor do nosso pique e do valor da festa vivida há pouco. Talvez, por isso, ferveu tanto o beijo na boca dado na rua vazia. A gente ficou um tempo longo sem ser visto por ninguém na face dessa terra esburacada, com um brusco e muito frágil jogo de luz por cima, vindo do poste, no momento em que eu e Zael nos enlaçamos e logo nos desgarramos.

Foi a festa do fim de um ciclo. O ônibus chegou, deixei Zael à espera do seu. Dormi na condução até a porta de casa, sem saber que já acontecia o encerramento das coisas há pouco vividas com tamanha eletricidade (durante e depois da Equipe-de-Som). Não dispus da menor ideia de fim naquele repouso entre o ônibus e meu quarto.

3

AGENDA AEROPORTO

As pessoas nas cidades levam, à espera de conduções, o tempo de rever toda uma vida. Tamanho é o tempo nas filas da cidade – um retrospecto até chegarem ali, na pressa do futuro, diante de um vazio estourado, sem fuga do único foco (conduto metálico a despontar de um lugar mais que transcorrido entre ida/volta/pouso).

Nem a propagada NY Lugar-Comum do trânsito universal (bem podia pensar o DJ Vazante ao fundo do Club Tonic, Extremo Leste de Manhattan, depois de querer rodar sozinho, supostamente livre, na madrugada aberta pela cidade). Nem ali – fulcro dos lugares – muda esse itinerário de segregação do prazer, lazer, por parte dos proprietários de linhas de transporte e combustíveis, assim como dos prefeitos, todos eles prestimosos nos dias úteis, produtivos de funções na agrimensura dos bens urbanos. Digo e repito para mim, em atenção a um ouvinte provável, mesmo único, nunca visto, entretanto onipresente quando me situo no confronto do universo em movimento, sem aparente postergação – aeroporto –.

Levo um insistente machucado na mão, ocorrido no quarto em Varsóvia. Custa-me possuir a mais simples bagagem – mala de roupas com apetrechos e a insuperável valise negra de discos, que não deixo ninguém carregar em meu lugar. Foi assim que comecei: com a valise, inicialmente, carregada de cds, portadora, no dia de hoje, de toda peça reprodutível do arquivo informático de sonoridades, vozes e mensagens diversas. De condução em condução (os ônibus inchados e calorentos do Rio), a valise e eu, uma noite fui sagrado dj, reconhecido no meio de incontáveis pessoas, sob um *riff*, um assovio, a sigla *Vazante* – Transporte de festas e sons.

Agora, cruzam meu passo a passo com a mão dolorida dois cães trazidos por um burguês em moldagem *tweed* e rosto de conquistador. Logo se anuncia o olho cinza-verde musgo das termas e dos turismos desfrutados como perversão privê, intransponível, exibida agora feito um segredo a ser percebido de longe, ali na fuga da responsabilidade de tudo, em um gozo sem mais acesso, retido, porém, no modo de ver as pessoas como um fato de fora, já em um outro mundo. Olho cinza-musgo ciente dos prazeres ostentados e das atribulações que não quer ter em cumplicidade com o homem que o projeta para todos, como se não visse ninguém e não se retirasse mais do plano que concebe como prazer.

Quase que me derrubam os cães aveludados dentro de uma ferocidade adquirida por um triz da fronteira humana empenhada em aeroportos. Cruzam meu caminho debaixo da linha (guia-de-coleira) enrolada na mão do possante jovem senhor protegido por um resto de gozo a se amortecer bem ali no olho-cinza musgo impermeável (quando o homem atravessa com impaciência a minha trilha de setas rumo ao guichê do *check-in,* deixando-se nortear por dois pequenos cachorros).

Os cães fizeram um desvio por cima de mim – uma coisa pequena e súbita que fere de novo a mão no fecho da valise. Dessa vez, ocorre um ligeiro esmagamento junto com o ferro da alça do carrinho onde coloquei a bagagem. As coisas pequenas latejam demais além do seu tempo, mesmo dadas como mortas porque não há volta, nem discussão. Foram os cães. Ou: seu complemento, esse olho (foi um dia sinal de grande gozo, já diluído). E agora se prolonga, ao contrário, a me julgar e, instantaneamente, me desfazer, como se transmitisse: o que é um DJ, afinal? Esse ninguém, ultrarreferendado, superestimado, sob o amparo de uma construção mecânica, maquinal, frente aos poderes do mundo?

No aeroporto, todos se congregam para um enfrentamento, tomado no ato do cheque *in/out* (para cada vez mais dentro de um voo plasmado sobre o imobilismo da ordem diária, circundante).

É o que dizem e assobiam por cima: o cotidiano tem de ser pela metade e por um silêncio indecente, que não há pele sobre pele que desinquiete. Que não tirem da toca (um clube, uma caverna) os fáceis gestos do acaso para transformá-los em desenho contínuo (pura música-de-máquina), sem quebra, palmas (o executante se mostra, em parte) – a mão já contundida (ontem à noite) pela faca quando parti a barra grossa de chocolate polonês ou o rótulo da vodka, talvez no momento de puxar a cama para desembaraçar a tomada do abajur na noite, ontem.

Já vieram bem antes, a dor e o prazer de partir, de habitar apenas uma câmara, o limiar, o aeroporto. "Tudo o que é pequeno e não passa", já disse isso antes para mim e sumi junto com a convalescença do mínimo, do incidente de passagem, exausto da sigla, do *riff*, *Vazante*, até o acidente de ficar sozinho com uma dor local, já exorbitada além do seu tempo e da razão de existir.

Ontem à noite: a dor se acentua. Agora, em luz clara. Em meio à multidão que não devo renegar, muito pelo contrário, "aceite a dimensão de seu trabalho, incalculável, projetada em *macro*", diria Dave. E é bem ele que está para chegar até aqui. Já são muitos dentro do salão de espera.

A pequena, acidental dor quer me contar uma história por inteiro. Para além do que julgo sobre mim, há essa instância impessoal que me toma conta e se impõe a falar da dor como um foco provável do seu surgimento: os cães, o burguês resumido a olho cinza-musgo prazeroso, refratário.

É como se eu precisasse encontrar menos o ponto-de-irrupção do acidente do que as suas formas de desdobramento. O acaso contra mim. O acaso, central no meu trabalho, conta algo de mim quando estou solto, de dia, no aeroporto. De volta. A que? Desde quando? Em volta de uma das minhas mãos. *Os dedos do DJ*, alguém veio muito perto de mim no fim de uma noite (onde?), só para me dizer isso (eu mesmo, sem mais retorno, tocado pelos extremos de unha e pele mais a eletricidade que vem de tudo, não só do som).

Muitos aqui presentes na sala de espera escutam música. Instalam uma espécie prévia de voo. *Walkmen* provêm de todos os tipos de aparelho (piratas ou privados). Só podem usufruir da vida que carregam ou dizer que conheceram seu tempo, caso escutem muita música, de um jeito ou de outro. Mesmo sem vontade. Mesmo sob a órbita de celulares tão-somente. Só por agora entre um intervalo (e mais outro).

Presto atenção demasiada na minha mão, por debaixo da dor e do pensamento de mal, na mira de seus dedos com pêlos precisos e cutículas já grandes, acabo me desorientando em torno dessa mão, tornada alheia quanto mais a coloco em relevo (minha mira). Causo impacto a mim mesmo ao perder o olhar na mão. Limite voluntário e estranho, quando cortado pela dor, surge como um implante, um suporte, haste animal de um ventríloqüo.

De repente, vejo meu rosto no anúncio da série *DJS* a ser difundida ainda esse mês por todo o continente. Ainda bem que pensaram um dia na existência autômata dos óculos escuros. (Não dou nem por mim aqui dentro da armação laminada com a outra face voltada para o que há de mais fosco).

Culturas do som, ainda em outubro – entre a mão que dói e o sistema interno de tv onde tudo passa. Aeroporto. *7 DJS, Produção TV Warsaw.* Parece que não saí da pousada polonesa.

Cercado de sons por todos os pontos. Dá para ser escutado em três línguas: "O voo vai sofrer um atraso".

Há na farmácia do aeroporto um curativo ágil, um ungüento supernatural. Logo tudo passa. Aprendo a gostar dali, não necessariamente do aeroporto, mas de meu lugar recente, por vontade própria, constatando, em cima daquele assento dividido com uma jovem e pequena família, sobre o contrário da noite e de uma atividade aberta ao infinito (discos sobre discos, tendências da música e tempos somados a outros, diferentes uns dos outros, de uma linha a outra da Agenda).

Dave acaba de chegar e nada sabe sobre atraso e muito menos do que eu penso em fazer a partir de agora. É um confronto, já tinha pensado, dito e agora presencio. Um aeroporto – bem aqui vou desfazer alguns tratos.

Falo com Dave como alguém reencontrado por puro acaso. Falo tudo o que está acontecendo nessa hora, talvez como um mero operante diurno de meu trabalho hábil sobre o instante, tocado sob o impacto das multidões.

– Passei a noite quase toda em claro, sem sair da pousada.

Ele, na verdade, é a única pessoa com quem tenho falado, nos últimos tempos. Por isso, talvez, haja contigüidade entre o que acabo de viver na noite-dia em Warsaw e a arrumação das coisas junto com a bagagem de aeroporto, sem tanta mediação entre nós dois. As coisas estão se passando agora e por isso falo em voz alta sobre minha agenda. Antes mesmo de tratar de datas. É da ordem de um roteiro preciso a minha conversa – agenda, em bruto, aberta para o agente de anos e anos.

– Havia, também, um Clube tão próximo da Pousada Pozn, incapaz de me fazer dormir e de me fazer conduzir até lá. Além do mais, reproduziram na casa noturna (talvez, sabendo de mim nas proximidades, quando não, na cidade) um trecho de *Beijing Over Night Suns* (meu único, expropriado *hit*). Só aqui, em Varsóvia, pronto para decolar, é que percebi o fim de um outro ciclo. Você pode dizer que isso se deve ao depoimento dado à TV, está certo. Só até certo ponto, Dave.

Nada diz respeito a um detalhe pessoal. Não foi acionado, simplesmente, o mecanismo automático de trégua aos "compromissos de trabalho" após uma verdadeira jornada pelo novo continente europeu.

– Nada tem a ver com crise de agendamento.

Algo se encerrou, de fato, no desenho mais contínuo do som e de seu executor, DJ tomado como a face reconhecivelmente sequencial, agregadora, nos fins/inícios dos dias. Outro sinal se forma, não imediatamente engrenado naquele espaço, no tempo da vibração eletrônica, enquanto se repete a dança em volta do código noturno, terreno – DJ – da celebração das pessoas em todo o universo.

Não é que eu esteja em busca de "novas tendências", do último som. Nem quero decretar, tampouco, o desgaste da máquina chamada de "bate-estaca" ou de suas variantes pelos labirintos da composição atual, erudita, que seja, nos formatos de *relax* místico, até, sem se falar das formas inumeráveis de apropriação. Nada quer dizer sair de cena ou silenciar-se.

– É que eu quero voltar àquela coisa mais invisível do ouvinte e praticante de música. Antes de ser DJ e de saber do som, eu sempre fui movido por uma escolha que agora perdi de vista, concentrado no número das populações em uníssono, dure o tempo em que eu estiver ali.

Fica claro que Dave não aceita a retirada da minha pessoa do que resume como "cena". Mesmo que eu não deixe de realizar os esperados lançamentos futuros de cds/dvds/*sitesightseeing sounds* & diversos. Justo agora, quando se pensa no arsenal de coisas que querem dizer música – trânsito mundial de entretenimento, produção e arte para todos os públicos, em igual proporção aos tráficos cruciais da economia por valor agregado, em um êxtase explícito de poder. Através da invisibilidade e de uma paradoxal onipresença: tudo (droga, arte, *washmoney*) no mesmo instante do prazer já experimentado e exposto à divulgação maciça (à busca de quórum como único atestado para o mais íntimo, irrepetível pico transformado em placar anexo). Quando se pensa para além de "mim mesmo" (a opinar em canais influentes, ressonantes). Além das guerras crônicas que dão sustentação a qualquer lugar global – conflitos armados, por todos os lados, dos narcotráficos aos combates fundamentalistas ante o assentamento do tecnocapital. Em frentes ancestrais, tão sedimentadas quanto renováveis agora à volta do fuso consensual englobante que sejam: matéria de pensamento autônomo à cata de seus corpos e mentes em registro, recepção instantânea ao que parece vagar (quando soa imaterial vetor da virtualidade tal qual raio eletrificado de música) no vasto "ar do tempo".

Dave, então, diz: "Cena", onde emerge o DJ com todas as suas órbitas, em sondagem, e suas faces localizadas, reproduzidas. Até não haver mais nenhuma satisfação em continuar, a não ser uma simples *extensão de som* ao fundo.

Tenho anotado noite a noite. Só da agenda é que trato com Dave.

– Discordo que você tenha de se retirar para manter essa câmara, esse "quarto" inicial, experimental, como você mesmo diz. Justamente nesse momento em que as turnês européias vão propiciar atuações em várias artes e áreas no Brasil atual. – O horário do novo voo está afixado. Dave se apruma e volta às suas pontuações a meu respeito. – Não dá para negar que são as megaproduções que vingam "lá", Brasil.

– Eu quero mudar o polo da coisa centrada na presença do DJ.

– DJ quer dizer isso, também. Acho que o seu talento está em multiplicar todas as fontes. Você sabe disso. O DJ Vazante lida com todos esses enfrentamentos, cada vez mais prolífico, e admirado exatamente por isso. E além de tudo: mais à vontade, autônomo, do que você, nesse momento, na "cena", é impossível.

– Isso, quer dizer: sobrecarregamento. Já tenho viagem dentro de dois meses.

– É no Brasil. Algo inevitável. Pelo menos, a início você deve estar presente enquanto ocorre a compilação dos shows dessa última turnê. Antes da viagem ao Norte, em dezembro, você precisa dar entrevistas. Já para o próximo mês, você vai à TV, antes de participar do Espetáculo das Águas em Belém.

– Entrevista *on-line* e estaremos combinados.

– Há um programa perfeito onde você será o centro. Você já ouviu falar, não é? Tem duração de quinze dias: *Maratona – Jogo Diário com o Artista.* Nesse momento, eu sinto, Dario, que ainda falta para ser encerrado o que você já chama de ciclo ou circuito. "Depois", vamos ver.

"Todos amam suas entrevistas. Ainda que breves, se reproduzem, no suporte que for.

Duram na sensibilidade de seus leitores (dançantes/ouvintes)".

Fica repercutindo o que Dave acaba de dizer como uma isca para a minha próxima empreitada. (Rosto contemplativo, grandes memória e agilidade em mover combinações não-pensadas de música). É como me chamam, ao longe, de uma rajada melódica à próxima dança, assim até o esquecimento. (Ou melhor, até a próxima entrevista)

Entre pontuar seu ato e ser validado quanto mais se dispersa (acoplado à matéria fluida do som, "penso esse segundo, só que nada digo"): "O DJ já está se transformando em outra forma de musicalidade – Regente, *designer* de motivos não apenas sonoros, em demonstração".

– Ouça o que estou lhe falando, Dave. O som só pode continuar a acontecer se há chance de abertura para o vazio e a interferência de cada um envolvido na transmissão e na escuta. (Diria a DJ Laureana

Lollipop, de quem não me desgrudei mais após ter dado sua entrevista ao fanzine *Fila*, a única concedida por ela até o dia de hoje).

Há outra entrevista dentro do silêncio cavado por Dave Wellek no meio do nosso colóquio (trato); comunico a ele meu interesse em descer no Rio, contrariando a continuação da nossa conversa em SP, a ser arrematada com a organização detalhada da agenda até dezembro do próximo ano. Chupo, em seguida, uma bala em forma de jóia, *cítrica,* distribuída, entre os pouquíssimos bônus da viagem internacional, pela aeromoça peituda, desconfortável dentro do uniforme, a um ponto de se tornar uma estrela e deixar aquela vida de voos logo logo.

"Há muita criptonita no ar,
Mas Deus está solto"

Quando Caetano lançou, em 1993, o cd "Marcianita" – título de um *rock* dos primórdios (compuesto en Santiago de Chile por Galvarino Villota Alderete, música y José Imperatore Marcone) –, já acontecia um assombro cotidiano moldado pela inércia política, pelo desinteresse social, finda a ditadura militar. A sobrevivência dos brasileiros se desgarrou – como agora fica mais claro – das inconsistentes conquistas da "democracia" (depois do militarismo e do estado soberano em "eleições diretas"). Todos já compreendem, em suas fugas pelas ruas e nos contatos feitos em espaços minúsculos, sem-teto ou nas moradias altamente taxadas, a existência de um mundo-monobloco montado pela máquina da economia e pelo desenho de um horizonte pressupostamente coeso, conectado, sempre ao alcance de uma dimensão mundial, coletiva (em justa agonia do mundo e de suas multidões).

(AGENDA, "Relatos de canção")

Ainda assim, a batida vital de "Marcianita" bem mostra, quando ouço a canção na voz de Caetano (acompanhado de Os Mutantes), Leo Jaime, Mauricio Pereira, Raul, Gal (em toada de rumba) e Sérgio Murilo (o primeiro a gravá-la), que a imagem de futuro aí cultuada, hoje cumpre de um modo não-linear a promessa de um trato com os sinais entre terra/cosmos. Soa como um pacto com a invisibilidade e o que parecia até então a alegoria de uma era nuclear – a utopia da dança elétrica do corpo e seus instrumentos técnicos no seio de uma guerra que não parou de se reprojetar após o Segundo Evento Mundial do Século que passou.

Hoje, em plena convivência com os diversos planos da destruição, do desastre, o futuro já chegou, e se revela tocante repensar a novidade que era o *rock* em homenagem ao céu da ciência, no momento em que engrena, simultaneamente, uma celebração dos sentidos. Tudo por uma explosão capaz de traçar a epidemia nuclear e o poder de nos lançar no mesmo tempo, para a sonda planetária: rumo a Marte/Marcianita, em um plano deslocado de nosso desejo direto, vida imediata. Uma dança súbita do corpo sem outra ordem senão a que cria engate com o chamado imperceptível do som (o *nada mais*, senão agora ou o céu). E a terra, também, a contrapelo.

É bem no que penso quando tomo o metrô na Triagem em direção a Maria da Graça, para dali baldear até Todos os Santos. Justo na linha que me leva a uma mulher chamada por todas as não-razões que circulam no amor e na guerra dos últimos tempos: Marcianita. Ela está debaixo da marquise do prédio em que moramos juntos, anos atrás, e me espera.

Asseguram os homens de ciência
Em poucos mais anos-luz...

– O que diziam ser o futuro acabou de se instalar. Veja aí a casa vazia, veja Todos os Santos. O futuro chegou cedo demais, Dario. Ou chamo você de Vazante, para fazer jus ao que vivemos?

O rosto negro continua lustroso. Tem uma ligação com o balanço dos balangandãs quando Marcianita estica o braço direito juntamente com as fibras de malha do casaquinho, enquanto fala e nos deixamos passear pelo bairro.

Passada a emoção do primeiro contato, após um longo tempo sem nos encontrarmos, ela pergunta a mim sobre o que vê – minha mão enfaixada, indisfarçável debaixo do bleiser –, logo ao me dar o braço.

Surpreendentemente, a mão volta a estalar como uma extensão direta da minha voz e do pensamento que tenho articulado sobre o acidente, o ziguezague com *tweed*, linha de cachorros em correria, olho cinza-musgo, a passar, incólume, por cima de mim.

– Não há mais dor.

4

PAREDE-E-MEIA

POSTER

No momento em que percebo a faixa de gaze, a dor volta a se manifestar, no cume do encontro com seu motivo (a passar por cima de mim).

Quanto mais fica sabendo dos meus próximos projetos, minha "irmã de criação" ganha mais entusiasmo em me levar aos pontos do bairro em que eu gostava de estar. Parece estar frisando minha origem para uma futura entrevista que eu venha a conceder, para uma matéria de arquivo, fazendo já a prospecção da memória do DJ (como se guiasse um *tour* para um desconhecido). Ou melhor, já estamos nos lugares, introduzidos por ela, companhia segura, suplementada à família. "Agregada", desde o nosso princípio e limite, à rua.

Os cartazes do Cine Bruni pertencem hoje, lógico, à propaganda de uma locadora de dvds a ostentar seus *posters* gigantes pela calçada. Uma peça plástica, produzida na mesma altura de Michael Pitt, introduz os Últimos Dias do Nirvana em nossa passagem. Percebe-se um desenho padronizado, sem nenhum mistério, a conduzir o comércio para uma praça em torno da qual negociantes de rua se acham assentados com suas peças pirateadas.

Há uma pobreza desfigurante no ar, por mais que a gente tenha as coisas necessárias reunidas nessa oferta de ambulantes. Todos nós parecemos estar em um pedaço detonado dos centros da civilização atual, onde apenas pode se avistar a dispersão dos produtos em um negócio escuso, rápido e raro, reunido na contramão. Tudo o que se encontra em oferta nada mais é que o sumo final de um processo extraviado até aqui (por obra de um "atravessador" no asfalto das trocas).

Marcianita pergunta se quero me sentar na, até antes, tentadora mesa de frente da Pizzaria Sorrento, onde cada um pôde, ao menos uma vez, encontrar companhia na noite, além de nós, da inseparável dupla que acabamos por formar e hoje se confirma flagrantemente. Hoje, eles não servem mais pizza, só algumas esfirras e um chopp quase sem gosto. Minha "irmã" pergunta se topo uma rodada de cerveja.

Não há nada que esteja no lugar de antes, é bom que eu diga a ela, no intervalo de alguma das suas rememorações embaladas sempre com algum aditivo. A cerveja está sem gosto. Há anos. É sempre bom que alguém diga. Eu, por exemplo, diante da cara já transformada da mulher que me criou, com toda independência para ocupar mais do que o posto de minha mãe ou mesmo irmã: uma companhia. Márcia, mulata da Baixada – Mesquita –, agregada à nossa casa para acompanhar mãe e filho. Família no desvio. Um intervalo para que eu diga a ela um pouco do que aconteceu e só pode ganhar corpo a partir de agora.

– O dono da nova Sorrento tem uma coleção de cds com os sons daquela época. "Nossa" época, eu posso dizer, não é, DJ Vazante? Sua cerveja está parada. Parece uma fotografia, um anúncio da bebida, igual aquele pregado na porta. Está sem costume de tomar "uma", meu bem? Ouve: "Sol Quarenta Graus". Você adorava isso.

Vi no rosto amigo meu a noite que nasceu,
Um sol 40 graus

A nuvem passa
O tempo avança e
Vamos nós

Fico observando mais o modo como Marcianita fala do que as suas possíveis revelações que possa fazer do tempo vivido na mesma casa, talvez com intenção de ver até onde ela pode ir com o repertório de fatos que nos dizem respeito. Ao perceber minha ausência de respostas e o olho fixo em sua boca carnuda, animal automático, deixa, de repente, de falar como que instada a operar uma mudança de foco.

Milha na memória,
O sol de quarenta graus é tudo
O que cai sobre nós

Sua atenção se volta agora para a retomada do ponto de interrupção da convivência entre nós, desde quando eu saí de Todos os Santos.

– Você voltou a ver Laureana?

Eu só estive pensando, em todo esse tempo, no futuro – guiado apenas por uma tendência musical atrás da outra. O mesmo sucedia com Laureana, de mutação em mutação, tornada distante e irreconhecível em um tipo de vida bem diferente da minha. No entanto, se eu quisesse ter contato com ela seria através de Marcianita, disposta, como sempre, a saber dos rumos das pessoas que formaram o que chama de "seu tempo".

– Você sabe, eu tenho uma inclinação a viver como se fosse para fechar ciclos. Eu amei muito aquela mulher. Tudo começou com ela, está certo, mas quando chegou o fim não foi preciso muita explicação. Não havia mais palavra ou outra forma de vida que pudesse ser aplicada àquilo que a gente estava ainda sentindo.

– É, por mais que você, ela e o menino estivessem compondo uma família, um encontro perfeito, eu sei que, de repente, Laureana foi se afastando de você e de todas as pessoas conhecidas. Ela se mudou para o exterior, não foi?

– Sim, tem isso, e depois eu comecei a firmar meu trabalho de discotecagem, e não fui pensando mais em nada. Me atirei nos agitos das noites, nunca me faltou namoro, exatamente por estar ali mesmo com muita gente em volta.

"Entre um semestre e outro da agenda a cada ano mais requisitada, sem ter mais ideia, como se me fugisse o tato, da passagem de ano a ano, do passo cotidiano de cada mês. Só estive ocupado com a seqüência das noites. Sem noção de qualquer outra coisa. (Uma espiral de músicas em compilação e remontagem)".

O sentimento parece ter ido para o espaço. "Na real, recai sobre nós, colocados em primeiro plano, mais sozinhos do que antes. Por outro lado, a gente entra em contato com esse espaço vazio, cada vez mais aberto, mais e mais pronunciado" (bem poderia dizer para mim ou, então, recorrer a alguma nota da agenda).

– Amor demais, tudo aquilo numa só época (muitos e contraditórios anos incluídos, porém, nessa contagem vaga, numa sombra de história).

– Eu, também, vivi algo próximo. – Marcianita conversa, tomando o chope, praticamente, sozinha. – Na verdade, acabei largando tudo quando entendi o fim da duração do meu amor com Zezo (foi meu último homem, você o conheceu), voltando depois contra minha vontade para a vida solitária de sempre. Igual a uma verdade alucinada que se impõe, assim como antes a paixão soube se impor. E não tem mais conversa.

Eu nada mais digo. Dou uma golada final na tulipa de chope sem chegar a esvaziá-la.

– Parece que a gente esteve rodando por aí pra melhor se situar nesse mesmo ponto. Nós dois: aqui, um diante da cara do outro, não é mesmo?

Marcianita se mostra como a guardiã de um lugar vago, espaço que não vale a pena ser abandonado. Fala sobre a possibilidade de fecharmos a conta e voltarmos para casa.

Minha irmã recobra o fôlego e volta a conversar como se minha mãe estivesse viva, principalmente nesse mês de novembro, em que, de um jeito ou de outro, nós dois nos lembramos da morte dela (um aniversário final). Como não há réplica da minha parte, é feito um comentário sobre o que está se passando agora, "aquele comércio sem fim na boca da rua, todos os tráficos na "encolha": a vida dos ambulantes na praça, no momento em que a cruzamos e logo percebo um estande com cds de *electro nites.* Um aglomerado de jovens fica em volta do vendedor de discos sucateados, geradores, contudo, do único ponto de festa naquela noite, quando, assim, "de cara", nada haveria para ser celebrado.

A medida da rua não é igual àquela de casa. Ou melhor, há comunicação entre esses dois planos o tempo inteiro, ainda que pelo inverso, indireto modo nosso de uní-los. Enquanto tudo que revejo nas calçadas do bairro tem inclinação para se encolher até uma chocante desfiguração. Dentro do apartamento onde vivi com Marcianita e minha mãe as coisas não parecem ter cessado sua força de intriga e *informação*. Mal nasceram, seria o caso de se dizer com um grito por cima. Marcianita muda sua cara, mal entramos lá dentro.

De um instante para outro, ela vai sendo apoderada pelo que aconteceu desde a minha partida, como se estivesse em busca da fiação para o que prossegue (a um só instante, bem antes engrenado no muito depois). O sofá que, da tarde até a noite, nos abrigava na escuta de "sucessos" – Peça Bis pelo Telefone/Músicas na Passarela – pela rádio, está à minha frente, forrado de plástico, de maneira a não desgastar a napa. É bem ali que me sento para receber o copo d'água que minha irmã de criação vai pegar na cozinha, como se ela não quisesse meu avanço pelo apartamento, hoje em dia sob sua custódia.

Agora se torna a proprietária e a empregada a um só tempo de algo morto que devesse ser velado, atado à sua mão.

Marcianita demora a aparecer da cozinha. Sinto a sala esvaziada, ideal para a produção de um choque do tempo. Sinto que permaneço como um ouvinte de músicas (a serem repetidas), certamente, e de relatos que ela não pára de fazer a alguém compreendido como um convidado. Minha irmã cantarola lá de dentro. Ela mergulha na canção, logo acionada assim que chegamos ("Morro Velho") e na outra voz do telefone (desembaraçada por seu forte timbre) que acaba de tocar. Sou, ainda, um ouvinte, convidado da sala de sempre.

Ouço seu telefonema juntamente com o disco. Sei logo que se trata do acerto de uma encomenda para o jantar. Há outras conversas com quem a atende do outro lado do aparelho (por isso se demora?)

Agora já não há mais voz.

Vejo que é meu momento de entrar, depois de muito tempo, lá dentro.

Ela, Márcia, está sentada na cama onde ninguém dorme – depois, vai dizer que é a minha cama, ainda, para que eu não duvide do que estou percebendo, de modo gritante, mais que repetido: o mesmo quarto. Márcia se encontra diante do copo d'água que eu pedi e não pôde ser trazido até a sala, submetendo-se a esse desvio sem mais palavras, ao passar pelo corredor do apartamento e estancar à altura do cômodo, querendo me chamar até ali, num código enviesado.

Mira o silêncio que vem da minha espera até aquele minuto e da água dentro do copo. À maneira de uma oração nunca traduzida, não quer falar muito, ainda que eu pergunte sobre esse instante de estranheza.

Fico decidido a tomar meu copo d água. Tiro-o das mãos de Márcia e beberico aquele gosto líquido misturado com as coisas que se guardam na geladeira (mania dela, desde sempre, de deixar garrafa de plástico com água destampada). É bem a oportunidade de eu vistoriar o espaço íntimo, ancestral, visitado com temor, com a perícia impessoal de um simples examinador de fatos (e faturas).

Minha irmã quis me trazer para o quarto de modo que eu visse tudo o que ela recolhe e só diz respeito à minha história. A imagem gigante recortada de um *poster* do DJ Vazante se mostra bem visível diante da cama onde eu dormia num sono entrecortado pela escuta angustiada (à volta do que virá) do rádio de pilha. Tudo desponta junto, numa combinatória selvagem, bem ao sabor da minha Marcianita, irmã "por consideração", intocada, com o olhar lançado para o alto, na reta do lustre em forma de caravelas (fantasia dia-e-noite contida ou não pelas lâmpadas e pela aventura noturna, insone sempre). Os livros de Monteiro Lobato alinhados na fileira dos compactos simples só se fazem acumular, na mesma hora em que bato com o olho em retalhos de revistas nas quais me deixo entrevistar (flagrantes de clubes diferentes, de Olaria a Oslo). Um prêmio impensável obtido em uma gincana mirim de colecionadores de discos enquadra meia-parede. Estou novo, de súbito passo a ser só um nome em letra miúda reproduzida em línguas desencontradas. Ela vem e me dá a mão assim que deixo o copo sobre uma caixa de som já estourada, sem mais efeito, nenhum poder de transmissão (é agora um console, um ornato feito de tábuas). Retém os objetos que se referem a mim – no palmilhar de um rastro trilhado sob a ordem de um museu constituído pelo poder único de acumulação e minúcia no gesto pontual de captura, à altura do vivido. Simples recolha do que é mais circunstante e depois vira depósito assombroso para qualquer intuito, traço que seja, de detecção de vida (ou mesmo memória).

Na verdade, nós dois não mais cabemos ali dentro. Trata-se de um cômodo impenetrável, mantido em falso, só apreendido a distância, como o adereço de alguém pulsante, porém inexistente (dado em referendo).

Ela, Márcia, toma, então, o impulso de tocar disco nesse "dentro".

Para não pôr em dúvida o material de que tem posse e reaviva com o testemunho da minha presença. (Uma caixa mágica provida pela força de animar todas as coisas com música, onde não poderia haver dança e qualquer sentido sobre o imediato, nem mesmo o menor pensamento atravessado entre uma e outra pessoa, de objeto a objeto).

As coisas não precisam de você
Quem disse que eu
Tinha que precisar
As luzes brilham no Vidigal
E não precisam de você
Os Dois Irmãos
Também não precisam

Nós dois não escutamos essa música juntos, mas é para nós que se dirige muito tempo depois de nós (enquanto dupla acontecida ao acaso, em fervorosa companhia) e de ter sido irradiada (muito depois de ouvida em público).

"Virgem", de Marina-AntonioCícero, Marcianita emenda "Sunny" ao lado de "Samba da pergunta" (só para dizer que guarda tudo e imita nossas conversas).

Quero sair daqui, de lá (do quarto), tenho só a manhã de amanhã no Rio. "São irmãos o letrista e a cantora. Igual a nós".

"Samba...Pergunta...Virgem...Sunny", ela executa na *pick-up* Márcia (a cantora pós-bossa), "*mora agora só no pensamento*",

Márcia, de novo, de repente, só ouve canções sobre mudanças na atmosfera, na combinação de sons e épocas ("a intérprete tem o meu nome") –

"Em tudo que no céu viaja,
Pode ser um astronauta
Ou ainda..."

Tudo o que ouvimos, de vera, trata das estações variáveis trazidas com as melodias de uma época de escuta coletiva, ao sabor dos programadores antigos (disc-jóqueis). Algo diferente da seleção informática, espaçada no tempo interior da audição de cada um (ainda que tudo se faça veloz, compartilhadamente, a distância se amplifica quanto mais vencida pelo simultâneo/instantâneo recurso testemunhado de uma plugagem em particular).

O rádio se difundia para muitas pessoas que traziam às ruas, às suas vidas, a eclosão musical como um evento a ser espalhado e soletrado na gradatura dessas mesmas pessoas em nascimento (quando um *single* era lançado na contraface de seu lado b) ou irrompimento (sob o impacto da difusão, promessa sonora no ar). Estações do afeto, no segundo da canção, ouvida sempre pela primeira vez. Estações ou sinais-de-som, *"Pode estar num asteroide/ Pode ser a Estrela Dalva/ Que daqui se olha/ Pode estar morando em Marte/ Nunca mais se soube dela/ Desapareceu...nunca mais se soube dela (...) desapareceu".*

– Eu não quero insistir, mas você me jura que vem morar no Rio? Mais que isso: aqui comigo?

Meu argumento ao contrário reside na produção incessante, feita de forma fluente, possibilitada apenas em SP. Ela não quer largar sua mão da minha. Não quer deixar o quarto.

"Nem eu, também, é verdade, acabo me desfazendo desse apartamento. Especialmente do ponto-de-som, já condenado como um receptáculo progressivo de dados, só na aparência acessível às novidades e à minha memória presente. Invadido pelo ponto-morto que representa sua superfície intocável feita de sucessão e sutura". Não queremos os dois – os irmãos impossíveis tornados dois ao absurdo de uma acoplagem voluntária – dar nenhum intervalo entre os anos passados juntos e separados. Como se assim fosse a vida. Sem trégua (engatada num deslizante, mas irrepreensível, *line-up* ou tudo o que pensei mecanizado por música).

Houve concordância e coincidência com meu intuito de manter o apartamento no Rio e a disponibilidade de Márcia para ocupá-lo. De certo modo, deixar os vinis intatos, conservados em sua reunião original e, a um só tempo, a uma ideal distância do material mixado cotidianamente, vem significando permitir que minha irmã tenha seu abrigo, principalmente depois da experiência conjugal, num bairro da Baixada, ao lado de Zezo, um homem que a espancava.

Ela passou a cuidar do ap de Todos os Santos desde seu retorno à moradia, com o fim do casamento. Bem no momento em que eu saía da adolescência e não ficava tanto em casa, na época exata da doença de mãe.

Era uma casa e, também, um encaixe perfeito. Dudude (Maria de Lourdes), a mãe, não se cansava de dizer, resguardada em seu posto: a cama, sob o jugo de um cansaço inexplicável, que passava por homeopatia, pelos olhos grandes do espiritismo e por seu corpo mesmo, revirado, posto de borco. Em busca dos restos de um homem (sobre aquela cama imóvel e infernal, não se cansava de confessar, às vezes aos gritos, num chamado à sombra do que conhecia de si e tinha vivido).

Um encaixe de perfeição, Dudude, mãe, se abria para seus filhos (um biológico e a outra não, no entanto, solícita no pico de sua agonia, de volta àquele apartamento, sem mais homem em volta, apenas o menino, agora rebelde à procura de festas e fins de noite).

Dudude emenda samba-canções dolentes, exaltados por paixões e pelo território-Brasil, com letras jovens guiadas por venenos, velocidades e cidades lançadas à fosforescência dos *neons,* à chuva ácida (capital SP). Acompanha o suceder dos anos como a programação do rádio, de um gênero a outro ritmo. Mãe cantarola tudo que vem daquele aparelho. Entoa junto com a emissão a melodia que não cessa, redobrada por sua voz, depois de uma enfileirada de timbres passar pelo Desfile, Peça Bis, Parada *Hit.*

– Quero te mostrar uma coisa. Acabei achando, talvez por estar aqui direto e há tanto tempo. Me espere, vou até o quarto onde estou dormindo agora.

Escritos de De Lourdes (é como Márcia chama um bloco de folhas soltas primado pela caligrafia nervosa, fina). Devo lê-los. É o que indica minha companhia nada silenciosa, com o olhar firmado sobre meu rosto. Abaixo a cabeça na direção das páginas.

A escrita de Dudude parece querer "dizer tudo" (não há mais nada seu dentro de casa, assim eu pedi à minha irmã como pacto para que o apartamento continuasse a existir) como sendo a pontuação fidedigna de coisas sabidas em conjunto, conduzidas, no entanto, a um ponto fronteiriço em que tudo se borra, desdobra o bloco compacto dado à leitura para um lugar que não se chama Maria de Lourdes ou histórias secretas. Algo muito antigo quer se fazer de novo e explora uma irrupção quando menos se espera, a travar um relato paralelo, compulsivo, incapaz de liberar quem dele se encarrega ou mesmo quem o lê.

Não é "Dudude" quem está por trás de tudo aquilo que se dá por escrito, mas uma figura caminhante, jogada de um canto a outro, em perseguição ao homem do seu desejo. *Não descrevo a mim mesma talvez com temor de ter fixada uma imagem para essa "criatura" que me leva para regiões de refúgio onde nosso torpor é certo e parece guardar o que resta de mais vivo quando as pessoas se liberam de si mesmas e dos outros que as cercam. Há um aquário no quarto onde desfalecemos. Damos ração aos muitos peixes depois de amarmos sem intervalos nesse quarto de esquina onde ele defende causas nobres como Dr. De...O olho do peixe já tomou conta do ambiente.*

Ficamos aos fundos como uma outra família (no fundo em falso do Consultório, onde há camas apenas para a saúde, para o amor talvez, pois são estreitas demais). Uma pequena moradia de casal se monta por trás de aparelhos cirúrgicos e macas. Depois de encerrado o expediente. Há uma criança solitária no prédio vizinho que, às vezes, vem entre um brinquedo e outro pela área de serviço e nos espia. Sem nada entender. (Testemunha e outra face do jogo, da pouca idade de tudo, dele mesmo e do nosso amor tão recente, a criança ali, na fronteira).

Brinca sozinha. É plena. Por ora, aparece por trás dos vidros com um carrinho a percorrer as formas enrugadas da janela. Pista envidraçada onde ele – essa criança – passa os dias. (Uma competição secreta, quem sabe, feita por alguém de quem nunca saberei o nome, por trás da área envidraçada, enquanto eu não posso me mostrar frontalmente para nenhum dos habitantes das redondezas, consulente clandestina da sala de Dr.).

Levanto minha cabeça do bloco escrito por mãe. Continuo a ler, porém. Marcianita não se move, de olho fixo em mim. Na verdade, ela me acompanha (enquanto travo contato com um trecho muito antigo, uma leitura silenciosa retomada depois da escola, bem depois de mãe).

5

ROTEIRO NOTURNO

CAFÉ

Quero agora sair desse esconderijo e dizer ao mundo o que tenho com Dr. De...É do mundo, sim, que estou sobrevivendo e para ele quero cantar nas ruas onde não cesso meu trânsito sem paradeiro, sem ninguém familiar... Quem ama não fica sem bradar a todos o sentimento que não é de um apenas e sempre escapa, vaza na reta de todas as pessoas daquele lugar e momento. Não pode ficar resguardado. O que amo não *é meu pertence. Está no mundo e passa por mim, em minha guarda e imediato extravio.*

A criança solitária sempre avistada no prédio muito próximo, ali em frente, corresponde a um sinal emitido no intervalo do amor? (o auge e também a separação de Dr.) Seria uma parte de mim essa criança a culpar-me pelo fim da família? De viés, vista apenas ali, e de frente, na contrapartida da vida apaixonada nutrida todas as tardes? Pois não posso morar no Escritório aos fundos – todos estão emparedados? – tal como sobrevive a Criança (tudo o que se sabe é a invenção de um brinquedo apenas para si, dentro de um jogo sem fim, nem vencedor).

Há uma criança, sim, no prédio vizinho que, às vezes, vem entre um brinquedo e outro e nos espia. Sem nada entender. Absurdamente só essa criança, oferecida à contemplação, por ser, de modo inexplicável, solitária.

"Ela, Dudude, jamais escreve o nome diário, nem mesmo o seu, no desenfreio das peripécias passadas no interior de um consultório (de um minuto a outro virado pelo avesso, entre jurisprudência e medicina, entre juízo e limites do corpo da doença ao gozo).

O segredo está na superfície."

– Há quanto tempo você está com esses papéis de mãe? Foi fácil ou não de encontrá-los?

– Vou te dizer, Dario. Estavam bem na minha frente e eu não queria olhá-los, porque me pareciam um resto da doença, um jato saído das últimas horas. Como se tratasse de um documento empilhado juntamente com a conta do enterro e o relatório médico. Engraçado, foi a única coisa que não ficou guardada. Da forma como ela findou a escrita, deixando em cima daquele console, tratei de não mexer com as coisas do seu "final".

Sabendo que você vinha aqui – como me disse ao telefone – para acertar questões da casa, detalhes e deslocamentos de alguns pertences, tomei os blocos num repente, lendo tudo de um só fôlego.

"Segredos enviesadamente direcionados a partir do forte apelo de um eu – a si mesma, para seus leitores (um conjunto, contudo, um a cada vez, depois de escrito, intensamente único, com o sentido de um último endereçamento, sem a presença deliberada de sua autora). Letra ativa, nervosa, bem traçada no bico da Bic, a despeito de ser uma morta, já.

Passei a vida inteira destemidamente, fui "batida" até agora sem temer o chamado de "mãe solteira". Agora, na boca da morte, a expressão quer me retalhar. Fragilizam-se todos os instantes vividos. Como eu mesmo me chamasse, numa voz forte final:

"   "

Tudo o que se escreve repousa e remanesce na sua circulação sobre aquele a ler – uma ação contínua passada para o próximo.

(Ler e viver tem só a ver com esse jogo de superfície, transferido como segredo da voz que se põe em leitura)."

Ali, no bloco compacto dado à leitura, pelo meio, decido que não vou ficar o restante da noite em Todos os Santos –

Logo que destranco a porta sem permissão de minha irmã de criação, o interfone toca anunciando a chegada do jantar que ela encomendou no serviço noturno de um delivery de Pizza. Sou todo desculpas. O rosto largo, lustroso, de Marcianita vira um ponto murcho de batom com rachaduras. Digo que vou em direção ao Leme para o motorista. Sempre encontro lugar naquele quarto, hotel onde continuo a fixar a vibração constante das águas, especialmente sobre a rocha que gosto de tocar assim que desço do último andar. Na verdade, uma pedra, uma lasca geográfica do que se estira e se compõe como Leme. (Um nome que fica na ponta da orla como referência pacífica, água pouco freqüentada como que em reserva do Rio para um banho de criança ou dos muito idosos). O lugar onde posso ficar mais retirado sem que ninguém me reconheça. (Ainda no comando, estou no Leme).

Marcianita me perguntou enquanto lhe dava as costas se eu queria ficar com todo o conjunto escrito por Dudude. Nos últimos anos, ela tirou de sua fala a reverência ao Dona, mas nunca a chamou de mãe sua enfermeira, babá notívaga, salvavidas de memórias por um fio. Logo ela, guardiã das passagens pelos abismos, no centro do monturo que é Mesquita como sempre ela dizia e o "buraco ia cada vez mais fundo", onde não podia mais residir por causa do marido violento, entranhado numa vida de milícia, urubu da Baixada a rondar-lhe a casa, a saia, até que morreu, seu único homem na vida, metralhado. Tudo o que soube numa página de jornal, afastada por Márcia Alvarenga do horizonte de seu olhar (rosto do único amor, com história resumida e o sobrenome ali exposto), página perdida no fundo do lixo, em Mesquita (situado já como local inacessível).

Ela estende para mim todo o bloco de relatos ardentes produzido por Dudude, sua mãe em falso, ainda a estertorar umas tantas palavras bem perto de seu fim. Justamente, as palavras descarriladas, em nome de algo brutal e abstrato, numa só tacada, algo possuído e posto a uma impossível distância, em nome do amor. A "irmã" segura o maço de folhas dentro do meu campo de visão, tão logo entro no táxi e digo ao homem refratário a conversas para onde estou indo agora.

Pouco me importa que seja de noite, mas descanso minha cabeça sobre a pedra. Deixo minha sandália avançar pela areia. Anti-turismo. Ninguém vem até a praia nessa hora e época do ano, principalmente no Leme onde quase nada acontece, bairro eminentemente residencial, como que emparedado, em delimitação invisível do que podem ser e continuam a revelar as águas do Rio.

De repente, vejo que luto para não perder o fio do tempo enquanto fito as águas. Na mudança de cor operada sobre a linha das ondas, procuro não perder o foco. Oscilação e voragem (algo já meu, incorporado ao que situo no início da manhã como demarcação de um novo ciclo).

O ponto perdido na repetição se estende para o mar. Talvez por isso não queira sair daqui (bombardeado ainda pelas palavras de Marcianita e pelas frases escritas por minha mãe, ressoantes até agora). Mesmo morta, seu relato continua, tal qual uma urgência transferida, para lá da vida, exposta linha por linha com uma enérgica letra esferográfica.

Vale a repetição – o ponto contínuo da viagem que não se altera da área de areia onde passo o fim de noite e o dia logo preenchido com maratonistas, catadores de resíduos.

Não quero tirar o sal do corpo, que fica comigo só por eu ter passado debaixo de uma marola (com o escuro da noite e ninguém capaz de me flagrar). Onda breve que resume a estada no Rio como aventura pelo fato de ter ficado acordado ao ar livre diante do mar informe.

Quando eu chegar no hotel, poderei pensar no telefonema a ser dado para Marcianita. Só para me despedir dela, mais uma vez, a caminho de SP. Sem maior espaço para conversa, pois seria interminável a continuação da leitura da fantasia-confissão. Se, em seguida, eu quisesse o diálogo, despreocupado de freio e limite entre o dia e a noite que acabou. Bem como a gente fazia, no fim da infância, tendo a irmã como referência, zeladora da minha insônia.

A questão principal toca de frente a figura que se move nos papéis de Dudude: a solidão da Criança. Aparece ali por trás de vidros enquanto ela se lança ao desatinado amor por Dr. De. Quem? Quem é o mais solitário? Foi o doutor real, operador neutro de vida e morte, que a amparou no fim da vida (Denilton De Caro)? "A criança solitária, sou eu (constante testemunha), o filho transmutado depois de anos para uma imagem infantil, irremovível a partir de agora (de posse do que mãe legou de si para leitura)?"

Lançaria perguntas para Marcianita sem mais chance de interlocução. O táxi me levou até o Leme como um serviço de autômato. O motorista dirigia, como um mecânico das horas ligadas por contiguidade, indiferentes à fronteira entre subúrbio e orla marítima, à divisa dos anos e de um calendário atrelado à paisagem. Basta um chamado – *táxi* (nenhum outro nome/homem a mais) – e os dias se picotam na órbita de uma mesma viagem. Marcianita só saberia indagar interminavelmente: Quando você vai voltar?

Não quero tirar o sal do corpo.

Mesmo no Porto de Auckland, de onde pude rumar para Takapuna, disposto somente a seguir a trilha da menina maori, decidida a me mostrar as ilhas depois que conversamos por um momento muito curto, fiquei sem ter noção da viagem como aventura. Por mais que ela, a maori, pontuasse cada menção aborígene à natureza como um contato preciso, dado apenas em minha presença. A viagem está contida na voz da menina. Só enquanto vê e nomeia cada pedaço de geografia a despontar por conta da balsa apinhada de visitantes.

A maori está ali por obra de uma viagem de colégio, entre recreio e formação forçosa, integradora dos cidadãos em coletivo por sobre a terra. É uma menina, tomada pouco a pouco do corpo a corpo com o restante dos pais em memória. Talvez, por ser tão séria, pôde dispor da linha de meu olhar sobre coisas sem nome e foi dizendo os títulos dos acidentes, das falésias e, ainda, da passarada, numa sequência voluntária de ditado. Sem sair da aula, da sala ao vivo de sua exposição em prova como maori entre os neozelandeses no comando do barco e da pequena escola ali irrompida (quando eu mais parecia distraído, entretido com o rodopio das águas da Oceania).

Outro clube – dessa vez em Davenport (New Zeland Tracks) – havia sido inaugurado com minha música e agora eu passeava pelo dia aberto que se seguia ao círculo cerrado, formado entre noite e som.

Ou então, em Alicante, em vez de Auckland.

Não quero tirar o sal do corpo.

Viajar é cair, em comemoração dos eventos da noite como DJ, dentro de um ferry-boat. "Talvez surjam daí uma coleção de sets, uma indicação de tendências sobre lugares, modos de vida, modalidades de dança".

O DJ vaza pelo dia adentro e atua plenamente na constelação de uma dada época, sem corte com a juventude imposta pela própria música acima de qualquer imagem de tempo. Cair, passar pelas águas, por um efeito – splash, espraiada exibição de sons e espaços para além do panorama entrevisto. O mar se encontra circunstanciado para a travessia. Por um relance, a natureza é cortada por música alta, pré-gravada.

"Estou em Alicante com a função de erguê-la à mesma ferveção, febre incessante ao longo das estações, tal como sucedeu em Ibiza. Na mesma Espanha, outra vez no Mediterrâneo, o DJ passa da noite ao dia por um ferry ou numa lancha exclusiva" – como se não estivesse sendo visto, em nome do novo clube à volta de um encadeamento impensável de sonoridades, sob sua decidida assinatura.

Um som para a cidade, concebida para ser point de festividades e rotas empresariais. Outra febre de combinações musicais e pessoas congregadas, em transe pela Espanha. Surgem siglas enquanto a rota da embarcação deixa um sulco – Voo GT – visível a poucos metros – Groove Tienda Terra – dos banhistas em Alicante – Tabula Timbres Club –, na roda do DJ, flagrado à certa distância, por trás de óculos coloridos e de trechos eletrificados em anúncio de algo mais, logo à noite, a seguir.

Tienda Terra –

Explode no ar noturno o auge do DJ Vazante, implicado no lançamento de um lugar (o contraponto Alicante, em relação à hegemonia de Ibiza, como balneário e polo-de-dança). Uma outra música se anuncia (Jan Grinberg falaria na revista *Trend,* a respeito de um *synthetic folk* recortado por instantes meditativos no meio do baile, retomado segundos depois por um eco da própria voz do compositor-montador de timbres sobre uma base *etno* inicial). Ou, como bem disse outro crítico, um jovem africano (Koumen), situado, também, no Mediterrâneo, trata-se de *cromatismo na composição de electro motivs, correspondentes, a um só tempo,* à *musicalidade e ao sentido da festa.*

Como se o ambiente da celebração tivesse de passar por uma espécie de impasse, contando com a contemplação daquele instante. Algo para se ver, mas para ser posto em dança, muita dança, sendo a voz do DJ introduzida como um recitativo, uma espécie de mantra.

Auge, como nunca antes. Nem mesmo depois, quando se pensa na concentração de um sem-número de pontos reorientados sob a chancela *Tienda Terra,* que vem a ser o encontro do timbre eletrônico forjado pela pequena usina do DJ no minuto inteiro, intenso, que recobre Alicante na cena dos eventos (de tempo e lugar). Tudo o que conta com a história de Dario, o músico de rosto ainda não visto. A não ser agora quando suas peças de som se sinalizam pela ambiência de um dia dentro do outro. Ele já está – a tarde pelo meio, ao lado do piloto e garotas, alguns modelos musculosos formam o grupo – na lancha em anúncio da outra face da noite. *Timbre, Terra e Tenda.* Para logo mais.

Será aqui, em Alicante, a entrada do timbralista no palco do festejo. Estreia simultânea do arranjador, revelando seu rosto juntamente com o que vem a ser seu toque-de-máquina seguido da própria voz, usada como instrumento. *Mantra-Muzak* (define Koumen). Há repórteres, radialistas, formadores de opinião para flagrá-lo (fotos frontais, entrevista coletiva).

Antes eu me fazia reservado, em compasso mesmo com as combinações que estava introduzindo sob um forte impacto do groove básico do trance e, certamente, de algumas células reconhecíveis de drum & bass. Só havia tocado antes na Holanda e na Bélgica, mas curiosamente lá, antes de trabalhar na Península, ingressei em noites de emigrados ibéricos e pude conhecer canções de crianças formadas após as revoluções.

Hinos de guerra combinados com jogos ancestrais de trabalhadores do campo em conversas mantidas a longas distâncias uns dos outros. Os pequenos portugueses e espanhóis cresceram em bares da Holanda tocados pelo pretexto da reunião através de frases lembradas. Logo emendadas por melodias batidas em toalhas de mesas sob os ecos remotos de lutas, trabalhos, brinquedos dispersos entre os campos, as cidades arrasadas e a memória das noites em contínua expatriação.

Reuni alguns desses cantos, tendo mais a ver com palavras vibrantes por força de melodias que se repetiam e já tratavam da experiência dos jovens filhos de combatentes do nazifascismo, da colonização em África, das réstias de império avassalador pelas frentes da Neoeconomia a reinar sobre todos os habitantes sem divisas, nem facções. Chamei o conjunto de timbres da terra, unindo esta informação ao nome do Clube que me recepciona atualmente em Alicante: Tienda Templo.

Por essa razão, interrompo tantas vezes o fluir da música eletrônica. Por meio de pontuações da minha voz, virada num só momento pelas palavras colhidas nas tavernas de Antuérpia, que são recantos destroçados das criaturas peninsulares, recompostas à medida que se põem a falar instiladas pelos sons restantes de uma época e de um arremedo de reunião. Não chega a ser música. Pontua um estribilho da simples conversa, por força de menção a algum fundo consistente de pessoa e paragem visíveis.

Notem: um foco memorial posto a melodiar o fim de cada sílaba sem que nenhuma povoação precisa tome o lugar daquela hora falada, substituta da sinfonia dos tempos e dos territórios. Ao compasso do corte feito em minha rememoração. Não estranho que seja aqui em Alicante o local de lançamento.

– Sim, é meu lançamento em registros fotográficos, após a repercussão do Fest Fusional Net New Indie. Minha primeira aparição – de rosto presente – desde quando comecei a transmitir cantigas brasileiras mixadas ao panorama de riffs em evidência.

– Com certeza, dá-se um cruzamento do balneário com o nome do Clube. E mais que tudo, a experiência do uso da voz no espaço do ruído som-sobre-som. Sim, agora me deixo fotografar.

– Talvez esteja concedendo esta entrevista pelo fato mesmo de estar sendo trabalhada a minha fala, com todo destaque dado de uma palavra a outra nas composições (algumas elaboradas muito antes do set, outras em acordo com o acaso). À maneira de um testemunho? Uma recolha de pessoas em trânsito por localidades vizinhas, quem sabe. E mesmo distantes, você diz, não é? Ainda não pensei. Na verdade, nunca respondi a perguntas coletivas.

– Sim.

Na noite em que me sagrei como instrumentista entre maquinismos e incontáveis pessoas em férias, no exato momento de revelar meu rosto, outra notícia vai se espalhando com furor. Rocco Siffredi está em Alicante.

Um pornô a céu aberto é sua última façanha. Rodado numa lancha que se avista bem adiante na linha tremida do horizonte em águas planas, o filme deixa espalhar seus homens, mulheres e um protagonista encoberto (contra assédio e entrevista), num disfarce, de passagem pelo balneário em ascensão.

O calendário mediterrâneo sofre uma adição no dia que se segue ao clamor de Timbre Tierra. No hotel mesmo em que me encontro hospedado, a entourage Siffredi cruza com meus passos. Há algo no ar, em forma de carne maciça, lasciva, a dispor mais material possível a tudo o que se propagou no espaço de uma noite confluente com o mais novo ponto de dança e referência musical.

O som está no ar, mas é Siffredi quem dá matéria e musculação aos timbres mais recentes de Alicante. O encobrimento de seu rosto entre os visitantes que chegam cria mais impacto depois de ser conhecido em todos os pontos de sua nudez cinematográfica. (Tal como nos filmes, assim se dá na realidade, o gozo final está com Rocco Siffredi).

As mulheres e os homens mais vivazes pareciam saídos daquele mesmo momento em que Vazante se tornou público.

Moldados em barro que o mar raso fazia verter na minha mão à altura do que eu desejasse – do mais livre jorro à multiplicação de fontes vivas (pessoas belas como que recém-nascidas pelo fervor das texturas sonoras e noturnas num só invólucro). Rostos e beijos em sucessão – um séquito encaminhado do clube até às águas. Sargaços somados a jatos surgidos do meio do corpo logo coberto com mais beijos, dedos muito ligeiros prolongados na espuma. São muitos em esperma corrente ali brotada, tal qual um feito completo e fechado na noite, sem remissão a mais nada, à maneira de um lacre.

Boca cerzida pelo toque de outros órgãos. Estou na mão de muitos, sem outro endereçamento a não ser ao mar, mesmo baixo, pedregoso, de volta ao que quero. E deixo de ser ao sabor de uma audiência proliferada, batida por fios finos de fluxo aquoso confundido com o que resta de noite (um tempo acelerado, sem retorno, para todos tomados como jovens, urgentes, últimos, desde então).

Tudo por conta do mar e do fluir ao acaso atravessado nos corpos que se unem sem determinação.

Comenta-se por todos os cantos, em Alicante, sobre o filme Siffredi. AR LIVRE PORNÔ PARALELO ao mais recente lançamento do DJ que conjuga noite e nova terra europeia, na mesma medida.

Um interesse contrário cruza com minha estada em Alicante. Quem é o encoberto?

O foco se volta agora para o disfarce de Rocco Siffredi após sua detalhada nudez pública. Justamente, onde e quando me ponho a ostentar o rosto extraído das noites ocultas por desenfreada música eletrônica a vazar para além de mim, mínima história de vida passível de relato/ através/ viés de som.

Eu mesmo passei, no hall do hotel, por Rocco S. incógnito, metido em um capuz de camurça e óculos fumê gigantescos, irreconhecível homem quando vestido. Por ser hóspede, como ele, do Eurostars Luces, supus que a criatura cercada por inúmeras e desejosas pessoas, vigilantes de sua passagem, só poderia *ser R.S., principalmente pelo espalhafato de seu encobrimento, ao inverso da fantasia de ser humano devassável que o revestia. Homem mais que conhecido, do rosto ao talo, à curva do rego até o rosto, possuído de todas – incluídas as menos próximas e físicas – maneiras.*

Uma silhueta felpuda, encamurçada, sem sinal de pele, cria uma proximidade e um contracampo ao avesso do que eu tinha acabado de viver nas águas de Alicante ao lado de um sem-número de ouvintes. Celebração com toques de corpo indiscerníveis, capaz de dar para a vida toda a sensação de um feito. Um ciclo de juventude perpassado comigo no centro da música e do que vem depois no incessante vai-e-vem de pessoas tocadas por meu corpo inteiro, sem que eu possa distinguir uma só, uma súmula da noite recém-finda. A não ser o efeito instantâneo de música eletrificada e desnudamento, sem ter nenhum daqueles participantes mais "por perto.

Tremo ainda em pensar e, também, sentir que o "filme a céu aberto" produzido por Siffredi nas mesmas águas de Espanha, passa por um registro, um arquivo, uma gravação possível de ostentar a continuidade do sexo que eu perdi. Tudo o que não tive depois dali. Dali (de quem, de uma época, do mar vibrante em ondas curtas)?

Rocco recebe, de camisa de couro aberta, as primeiras parceiras, como se fossem recém-capturadas de um porto ao léu. Ele apresenta um outro homem a bordo, no mesmo apertar de mãos e das tiras dos *microshorts* de suas comparsas em pirataria sobre a lancha imóvel. As mulheres chegam de uma metrópole europeia uma vez que Rocco revela com gosto e um toque imediato o nome *Praga* – inscrito no plexo solar de uma morena no minuto em que ela se apossa do homem do filme e da viagem marítima. Lancha imóvel. Corpos em desatino. A música é intencionalmente *tecno.*

(Aquele filme será sempre atual, ainda que não traga nenhuma marca geográfica evidente, nem mesmo nos créditos. Será repetido, revisto, com sexo dentro, por quem comprar ou alugar aquelas imagens em qualquer parte do mundo como coisa de agora, urgente, sobre águas e pessoas desinibidas, soltas debaixo do sol).

Música tecnificada à altura dos únicos seres que se desnudam – em face das águas, da terra – e não escapam ao círculo de uma exposição. O que não deixa de constituir uma espécie de exame direcionado a um sempre ausente espia, insaciável criatura em vigilância.

Por conta do tesão a ser acionado, Rocco e o céu aberto do sexo serão sempre repetidos em um auge inacessível. Eis a razão: a música é intencionalmente mecânica. Como se não houvesse executor por trás e só revelasse um resumo do batimento basilar da máquina de sonorizar, criar fundo para o que é instintivo e bem chapado, óbvio gritante, onde todo mundo cai: um abismo branco, raiado – tomado como retalho do mar.

Pessoas desinibidas e desconhecidas se tornam parte de mim. O pique de meu ingresso no verão e nos impensáveis corpos alheios precisa agora passar pelo filme de Rocco Siffredi, *Água Caliente*, para que eu mesmo possa ser recomposto e reter algum registro, ainda que enviesado, pelo avesso da minha história e versão do sexo em Alicante.

O DVD continua a rodar na aparelhagem localizada acima do meu campo de visão quando me deito na cama e todo o desejo que averiguo repicado entre as pernas – debaixo do umbigo, no meio de tudo e de todos os nomes – não tem alvo, nem pouso. Recai como peso sobre mim.

Pessoas desinibidas e desconhecidas em Alicante – um lugar se tornando legível pela combinação de sítio arqueológico – ruínas da civilização romana – e noite atravessada por tribalismo tecno mais *hardporno* pontilhamentos. Carrego meu corpo de areia até aqui. Desde o Leme até Pinheiros, sem sono e com vontade de ter alguém ao lado (ainda sem rosto, através do filme coletivo sensual atribuído ao nome catalisador *Rocco Siffredi*).

Ele, no papel de O Encoberto pelo *hall* do hotel acaba por introjetar sua moral infinita de corpo reincidente, quanto mais se mostra avesso à visão ao vivo, uma senha do sexo sob a insígnia RS. Enquanto eu, tendo o rosto desvelado no balneário mediterrâneo, não deverei me fixar em tal efeito. Acabarei por me diluir na máquina sonora desenrolada muito além da minha pessoa, descorporificado da memória de uma época de festividade e gozo (mesmo que a música continue a tocar, no fundo das coisas, não sou eu, O Redivivo, não sou eu não).

A passagem pelo Leme me deixa até agora sal e um tremor de fotobia posterior à madrugada vivida na praia sem mais ninguém além de mim. SP, Pinheiros. É nítida a batida na porta, talvez tenha sido mesmo real o chamado pelo interfone (sinal que não quis confirmar).

A jovem vizinha subiu até aqui e está decidida a retornar ao pavimento que leva ao seu terraço na minha companhia, quando tomo a iniciativa de abrir a porta.

Para quem não queria entrar no próprio apartamento, até que encontro conforto na realidade oferecida pelo cotidiano do bairro e do prédio. Carlucha já está no meu apartamento.

Ela sabe despertar interesse pelo que chama de "novidades". Entre mim e ela somente o vínculo com as "últimas coisas" pode gerar uma convivência. Enquanto vai falando sobre a continuidade do processo que está movendo contra o condomínio, comento rapidamente sobre a necessidade de desligar o aparelho de DVD. Sem quebrar o fio da conversa, ela entra comigo no quarto. Aliás, tinha feito isso outra vez quando fui buscar o convite do Festival Sónar no qual toquei por duas noites e Carlucha decidiu fotografar minhas participações para um "álbum de imagens a caminho".

Senta-se na minha cama desarrumada. Desata seu depoimento urgente. As "últimas coisas" devem ser traduzidas nesse compasso, num tom íntimo, reservado aos quartos. Um relato, uma espécie de lista para se destacar da torrente diária onde ninguém pensa e só segue o impulso entre o já vivido e um rol de pessoas, letras, vozes imponentes umas sobre as outras, aqui e ali atribuídas à presença de cada um nessa vida, num dia não isolado de outros. Por ser, talvez, jovem, não deixo de ver no que Carlucha fala a disposição de um relatório, um resumo de tendências dirigidas certamente a mim (incluído, sem dúvida, como um ítem de tais "tendências").

Por isso mesmo, a luta empreendida pela posse do terraço como anexo de seu apartamento se apresenta como uma meta, um dia após o outro, quando não houve registro conclusivo de seu desmembramento em área comum do condomínio. Principalmente, quando tem em mente o interesse em fazer do espaço um local de eventos. (Ela quer mais vistoriar, devassar meu quarto do que se colar aqui comigo, entrando de vez na cama). O panorama oferecido no vigésimo andar, onde antes se localizava a moradia do zelador, apresenta uma angulação da cidade compatível com a série de fotos em preparação por Carlucha Camargo.

Todas as imagens são captações das muitas órbitas avistadas através de seus inúmeros habitantes. Um álbum composto pelo jogo que se forma entre o panorâmico e o surgimento gradativo dos personagens até então vistos na teia difusa apreendida pela perspectiva do terraço.

"Com interesse em devolver o olhar para os moradores mais atuantes da cidade é que o Álbum Terraço está sendo elaborado. Em atenção aos prismas menos percebidos: a partir de alguns artesãos e trabalhadores autônomos, ambulantes, da noite, removidos da fotografia geral descortinada de um plano mais alto ou "chapado".

"Estou incluído, então, como peça integrante da coleção mesmo residindo aqui?"

"Podemos abrir até um capítulo à parte, porque você se insere na noite da nossa cidade e, ao mesmo tempo, está morando no mesmo prédio, bem embaixo do terraço. Foco esse plano cruzado entre o que seria o ponto mirado, lançado ao léu do que se chama ambiente, vida noturna ou urbana, e o foco flagrante de um grande número de moradores, tomados cada vez mais de perto. Penso, assim, o álbum, a fotografia, o momento e o lugar onde estamos.

As luzes cintiladas no giro 36º graus da cobertura, muito afim do Olho de Vertov, um amigo cineasta chamado Nato me diz, munido de uma super 8 ancestral a documentar as últimas pessoas permanecidas na noite. É uma espécie de maratona, você precisa conhecê-la. Vim aqui por que quero sua companhia. Gostaria de agregar o maior número possível de pessoas interferentes na vida da cidade em reunião – um filósofo vai falar logo mais no Café *Redemunho*, agora, à meia-noite, é o tempo da gente sair daqui até a Aclimação. Você dirige ainda?"

– Eu prefiro ir a pé, Carlucha. Aliás, eu preciso, enfurnado que vivo em cubículos, noite a noite. Podemos baldear na estação da Liberdade. Você sabe como gosto de andar. Nossas conversas, aliás, ganharam impulso na rua depois da gente se conhecer naquela reunião do condomínio.

– Nem me fala que eu falo por cima de todo mundo, quer dizer, da voz rachada de nossa síndica. Além da infiltração causada pela viga de esgoto até hoje necessitada de reforma, tenho esse quesito "Terraço".

– Há quanto tempo você não paga o condomínio? Outro dia, bem outro dia, de novo na rua, dona Maná me contou que vai entrar com um processo em cima do seu, daquele que você está movendo contra o prédio (a respeito da posse do Terraço).

– Uma conversa jorra sobre a outra. É sempre assim. Mas estou sendo guiada por um advogado de anos, de família, instruído a desempatar foda difícil em curral de aristocrata lá em Ribeirão. Não vou pagar o condomínio. É a administração de Dona Maná que me deve tudo. Os desgastes pela infiltração. O Terraço, de contrapeso.

O timbre forte da fala de minha vizinha nos embala até a saída do metrô. "A síndica disse que você vai pagar uma baba, em juízo!"

Tenho isso para replicar em face dos argumentos judicialmente amparados e soltos pela língua de Carlucha, mas prefiro deixar tudo em silêncio. "O Álbum vai produzir o efeito de uma peça teatral conduzida unicamente pela iluminação que se projeta sobre a plateia. *Rêlache,* de Picabia. Foi o que Nato me mostrou numa gravação. Você vai conhecê-lo no Café". – Passamos pelo restaurante chinês, ainda barato, a exibir suas mesas giratórias. – "Na pior das hipóteses, a série de fotos será produzida no calor do processo, mesmo que eu perca o direito de ter o espaço, acho muito difícil, é em busca, também, de testemunhos que estou a documentar o panorama tomado do topo do nosso prédio. Ando pela noite à procura dos desaparecidos e dos mais dispersos residentes urbanos. Essa questão minha com o Terraço vai chegar até toda a cidade".

Gosto muito de andar, mas tem tempo que não rolo pela madrugada – é tudo que extraio no correr da conversa com Carlucha (a iluminação fraca dos postes, suplementada por *neons* das casas orientais, parece se vergar ao ritmo das falas, dos passos e da varredura dos olhares).

Da Liberdade até a Aclimação, ando decidido. "Ando decidido a vender o carro depois que bateu à toa na Avenida Brigadeiro por conta da rabanada de um *moto-boy* na hora de ser aberto o sinal em véspera de feriadão".

Todos querem fugir, na correria do dia dentro do dia, no cerco que a cidade faz ainda que a meta seja a casa mais recôndita, inabitável e impossível de morar (sem que ninguém saia, de fato, desse lugar de trânsito).

– Erico Feital, você conhece, o filósofo dessa noite? Pegou como febre no *Redemunho:* a ideia é que seja na virada da noite a conversa que faz ponto, dá repouso e, na mesma hora, incita. O dono do Café, Saul, coroa nessa sexta um semestre todo de "roda investigativa". É assim que chama os "encontros com pesquisadores dos temas em emergência".

Segundo Carlucha, ninguém me conhece muito no circuito acadêmico, mesmo quando se mescla com o âmbito dos bares e reuniões noturnas. (Eu posso ficar à vontade na Aclimação, em meio a muita gente). No meu caso, passei até o último ano sem revelar meu rosto. Alicante, Alicante, feira *caliente* dos passantes (nenhuma imagem perdura, seja pelo atrito do sexo, seja por nostalgia da natureza, seja pela ideia de "universo autônomo sonoro eletrônico").

– Vai ser interessante você ouvir alguém falar e pensar a música.
– Erudita, pelo que estou lendo aqui no *flyer.*
– Música de um modo geral. Eu já fiz um curso com Feital. Ele vai num crescendo e acaba por envolver qualquer pessoa, dizendo algo que toca cada um dos integrantes da audiência. De um modo ou outro. "Como se estivessem precisamente ali, naquele exato tempo, para ouvi-lo, venham de onde for".

No campo vasto das lâmpadas noturnas criadas a caminho da Aclimação, resumo SP por uma luz opala. Resultante, quem sabe, do compósito de janelas rebatidas bem ao alto, ao longe, na medida da consistente poluição, recortada aos poucos pelo ruído de helicópteros em contrabalanço da "inexistência de horizonte" de que todos falam com bocas gritantes, lançadas em superlotação até o espaço (ocupado além das hélices). Como que aderentes ao ar, irremovíveis, helicópteros. Opala. Sempre retorna, transfigurada, tremeluzida como pura fantasmagoria dos olhos treinados por festivais internacionais de cinema, ano após ano, escolas especializadas de *design* direcionando todos para a câmara dos estúdios, escritórios, projetos em metros quadrados (milímetros de tela e linha-do-horizonte num só jato). Decidido a caminhar, invento a luz opala à maneira de um rastro, o mais pedestre rastro.

Principalmente por que Carlucha não para de falar. Em cima do ato, como se adiasse a fotografia, impossibilitada de mostrar o aparelho no meio da rua, já contaminada por possíveis assaltantes. (Há um assalto anterior à noção de captura que mobiliza o projeto Álbum Terraço, como a vizinha comenta, solta a fala e logo abraça Nato na entrada do *Redemunho).*

Antes do Café, há uma fonte de som mesmo não sendo mostradas as caras dos que oferecem ervas, "um Palium de 3ª mão", artefatos piratas dessa hora.

Cicilistas idosos amarram monaretas nas barras de ferro disponíveis, policiais habitantes da área conversam por *walk-talkies* sobre uma escancarada operação. Nato se faz acompanhar de uma criança.

"É um novo amigo". O cineasta apresenta o garoto. "Delta projeta sua estreia na cultura do *skate* quando for aberto um parque exclusivo para desportistas de toda espécie, de qualquer idade. Não demora a acontecer, um pouco adiante, no Centro Velho".

É Nato quem tece a linha de um provável manifesto a ser executado no rumor das rodas de bilha sobre os pisos. A partir de Delta, ele firma e filma: "Uma única cidade se forma, sem impedimento de automóveis, ou seja, de executivos onipresentes a dirigir o rumo e a quadratura das horas. A arte como Guia Central da Habitação do Dia ao Dia (ao fio do mesmo dia). Muito além do que se reserva à noite. Muito mais do que um fato privê, relativo a uma cidade oclusa, "malocada".

– Você é o DJ Vazante, não é isso?

O projecionista de imagens diz ter uma foto minha, recente, quando da abertura de uma danceteria que não vingou, na Pompeia. "Uma das minhas últimas aparições", acabo falando de supetão, como que reativamente. Eu deixei de marcar os *sets* com tudo aquilo que negava a exposição de meu rosto, quase sempre instalado numa cabine ou num compartimento de som à distância do palco, portando sempre óculos bem escuros e um capuz sobre a cabeça.

– E o disco, já está preparando? Você prometeu o lançamento do registro de suas *pick-ups* acompanhadas por leituras de material escrito, "repentes de vozes". Quando?

– Minha agenda está se fechando pra esse ano e terei tempo livre em breve. Um compacto de todos esses anos não deixa de aparecer em tudo o que venho fazendo. Vai ser depois da Festa das Águas em Belém. Acertei com meu agente.

– Fala aí daquela ida à Austrália – A criança me incita.

– Não, na verdade estive na Nova Zelândia, em Auckland.

Delta balançou a cabeça pronto para falar qualquer coisa em seguida, mas a campainha do Ciclo *Pensar o Tempo, Pensar por Instante* foi acionada por Saul, o mentor do Redemunho.

– Você conhece o vídeo que a TV Arts andou exibindo, não? – Chego a complementar o diálogo com o garoto skatista, só que fica no ar debaixo da fala apressada de Carlucha sobre nosso melhor posicionamento entre as mesas do Café.

Do que Delta terá gostado no *clip*? A tomada das balsas? O que reteve de mais vivo? (Se eu tivesse conhecido a menina maori antes da filmagem pediria para o *videomaker* integrá-la ao *tour* da música engendrada naquele estrito momento. Quando vejo uma criança logo me vem outra e uma sucessão de tempos se soma a um infindável surgimento de pequenas, irrefreáveis criaturas).

A sequência mais conhecida talvez tenha sido aquela do *píer* com os passeantes acelerados em volta das espreguiçadeiras feitas de um material emadeirado, flexível. Fico a imaginar, quando nos sentamos bem ao fundo do Redemunho, o interesse possível de Delta por outro *insert* da população de Auckland. O percurso, por exemplo, feito na Avenida que vai do porto até a área dos teatros e restaurantes: trilha seguida por um poeta de rua a empurrar um carrinho vazio de supermercado.

Eu mesmo quis que Field entrasse no vídeo pelo fato de ter conversado comigo por toda uma noite. Como se quisesse firmar o compromisso de me contar sua vida por inteiro, numa só leva, enquanto me apresentava seus livros feitos de "papel de rua em sincronia com o que eu presencio nesta cidade e logo passo a escrever, sem intermediação de ninguém, nem mesmo o destino de quem o faz agora pelo dado exato de ter firmado pela palavra, no fio da própria voz, o impacto e a fixação de sua própria imagem diante daquele em escuta".

Papéis do HiperJumbo jogados no lixo neozelandês se renovam através do movimento de suas mãos, ativamente dotado do poder de desdobrá-los. Sob ação do pilô nervoso, estenográfico, sobre o material rugoso, marrom, *MegaMarket* desponta num encaixe de confissão e leitura do que ele acaba de dizer.

"Tudo" começou com seu único emprego até o dia hoje: o de entregador das compras do mesmo mercado de onde retira material para a confecção de sua série *Foreigner Field*. Porque ele toma um posto retirado, ainda que tenha nascido como escritor e andarilho naquelas ruas, na Avenida transformada juntamente com a cidade-referência da vida econômico-cultural da Indonésia. Por força do poder de ganho e tráfico asiáticos ali instalados entre os vestígios fundadores anglo-saxônicos.

É num giro que o poeta Field vem subindo a ladeira da longa Avenida global, portuária, tendo sob seu comando o carrinho de compras de sua adolescência, primeiro e final emprego. O HiperJumbo permanece ali, até o dia de hoje, imbatível ante as mutações do comércio (Video *Hype Hiper Hoje*).

As imagens do *clip* se animam. Pontuações vindas dos sulcos de lps percorrem os trechos graficamente recortados dos passos de Field, de um extremo a outro do Porto Auckland.

O próprio Field desaparece do campo-de-visão composto entre anúncios do Super e as palavras dos livros feitos do mesmo papelão de compras. A dança dos vocábulos se mantém, então, em primeiro plano, no pulsar dos grafismos eletrônicos: vê-se apenas (no final) a mão direita de Field sobre suas páginas de livro gerado no refugo, na rua desimpedida de trânsito. Até não haver nenhuma espécie de música.

Avulta somente o rumor feito pelo carrinho do Super. Sem que haja condução de ninguém, desce a Avenida até o Porto. Trafega num lento compasso, desprovido dos sacos de compras, dos utensílios domésticos. Gradeado e velocidade – não conta com o impulso de mão nenhuma. (Field desenha e relata, ao mesmo tempo, num tempo paralelo).

Nada mais. Gradeado e velocidade.

Medium Percussum

"Temos hoje a felicidade de contar com uma plateia diversificada.

Acaba de se criar no Café Redemunho uma audiência interessante para o ato-de-fala do nosso convidado dessa sexta-feira, já sábado nos seus primeiros segundos. Professor livre-docente de Filosofia, Erico Feital tem se dedicado a

estudar a ideia de Ocidente, de civilização mesmo, a partir dos mundos que se formam nos domínios do que ele chama de *globalidade partilhada.*

Está vinculado ao *Interdisciplinar Research Forum*, sediado em Vancouver e coordena a Comissão Senior da União Fomento Pesquisa. Suas publicações têm se direcionado para a estética e a crítica política. Realizamos com o filósofo dessa noite uma *roda investigativa* que compõe um primeiro ciclo de atividades a ser compactada em vídeo e, na sequência, em livro. Cumpre, então, o Ciclo *Pensar o Tempo, Pensar por Instante* o objetivo essencial de dar fala, imagem e texto aos seus mais importantes articuladores, atuantes do pensamento: irrepetível instante de um longo tempo de atividades (Café/Noite/Redemunho).

Antes de qualquer começo, faço assinalar a imagem da percussão do corpo como dado mobilizante de nossa cultura. Deixo-a com vocês para uma breve, reflexiva, permanência.

De um modo não retrospectivo, percebo a incisão, a interferência de (Imagens). Eikones, como antecipava Filóstrato, o Velho, o que chamamos agora de écfrase, *em vários âmbitos da arte de hoje como marca cultural dominante.*

Não posso deixar de lançar a continuidade entre o intuito de descrição verbal e o que envolve as extensões da vida real. Em destaque: a ênfase no corpóreo. Figuras em tradução, corpos em primeiro plano – poderia ter como subtema esse exato instante da minha fala.

Imagens desde sempre. Mesmo uma criança, essa que se apropria rápida e precocemente das réstias vistas em um *clip*, já havia tecido relação com o que sou e vivo.

Percebo o olhar distraído de Delta pelo ambiente. Fica, porém, nítido que ele, de modo ostensivo, não se fixa no que está à sua frente, onde me sento justamente. A criança não passa por mim seu raio de visão.

Parece estar compenetrado na escuta do ato filosófico. Mas não é bem isso. Será por que está pensando em mim de uma forma tão intensa quanto frontal, não podendo, portanto, olhar para mim? Sabe-se lá se está fixado no *clip*, rememorando-o no momento em que está me conhecendo. O certo é que reluta em me fitar.

Cercado Flor-de-Cactus Contra o Sono Mendigo

O filósofo encaminha suas mãos para uma simetria na qual os dedos maiores acabam por se tocar. *As imagens tendem a se exteriorizar, as mais íntimas, segregadas que sejam (por algum residual, reservatório psíquico). Ganham um alcance percussivo.*

Ele, então, o filósofo Erico Feital, se detém sobre o vaivém de um mendigo que se torna vizinho, residente de sua rua. O interessante é ter escolhido como lugar de repouso uma esquina, onde uma casa mínima se situa. Bem na quina. Entre dois endereços.

O vagante seleciona aquela curva, desprovida de qualquer abaulamento ou forma de receptáculo, para passar a noite. Apoia-se numa pura parede. Alguns dias depois, por parte dos moradores de dentro, inicia-se a construção de uma cerca bruta feita no cimento mais rugoso e cinzento. Cobrem com um punhado de terra a argamassa grossa, escura. Por cima, uma plantação de flor-de-cactus delimita a curvatura entre casa e espaço público. Instalado, pois, um nicho, feito um anexo da pequenina moradia, o local desbravado pelo andarilho é dissolvido. Curiosamente, o homem sai do bairro, sem ter sido mais visto nas redondezas.

Por observar o grande esmero com que foi elaborado aquele jardim-cerca e, também, atento ao que passou a se espalhar pela rua, vou me centrar no sentido de adjacência

Presente nos mais simples sinais da vida cotidiana –

Quando a casa parece ruir, tomada de fora, justo pelo que faz curva e não diz mais respeito à sua parte interna, pelo dado de conter os trapos e corpo de um mendigo no sono, se ergue um cômodo externo.
Um complemento desnecessário é prontamente ativado em sua monstruosa construção, num efeito de insurgimento espontâneo, atribuída à natureza de galhos próprios, cortantes, impossíveis de alguém tocar (mesmo depois de plantados). Devo acrescentar: a cerca se completa com pequeninos cacos de vidro.

Não pertencente a ninguém, o cercado se revela como uma forma tumular, aberta em atrito, em agressão à paisagem. Talvez à altura da afronta que o mendicante adiciona à sua própria figura, de posse de um rádio enorme trazido junto com sua tralha, aparelho, intrigantemente, jamais ouvido em público.

Entre os signos aqui dispersos, reunidos numa breve célula de espaço/tempo – a envolver o lugar de moradia e o recolhimento do sono – apreendida na minha vizinhança, quero assinalar a percussão dos corpos.
Uma incidência se nota na noção de convivência.
Nas imagens públicas, apontadas para o que compreendo como traços do desabrigo na experiência da ética.

Passa, também, por uma tradução de fronteiras muito próximas, acirradas num modo constante de choque e apagamento dos limites

A imagem complexa do Suplicante, do habitante em mais de um lugar e para além de sua vivência isolada, intrínseca. Exatamente, porque ele forma de uma casa pequena, imperceptível quase, uma outra habitação. Impactante se faz o elo entre

Variação, Clareira

Pude ouvir, também, a voz de alguém da vizinhança a comentar, em ronda, a ausência do morador de rua após o erguimento do cercado. "Quanto mais perto da aurora, mais escuro fica".

De um dia para outro, ficou afixado o grafite.
(Do que foi dito até ganhar o talhe enrugado de tinta)

No interior da menor morada do mundo protegida contra o sono do mendigo, deixa de haver o mais íntimo.

O que faço chamamento e compreendo como percussivo – tudo o que faz saldo, súmula do vivido e não se dilui no sonho, pendente de decifração por parte de um corpo habitado dentro de um único círculo (a residência).

O grafite vai se alojar justo aí, no momento esvaziado da presença do mendigo. Os elementos se ampliam – espiral de imagens e incidências: aurora proximidade escuridão parede rádio.

O mendigo, ao lado, adjacente, acrescido ao ato de se deitar abre à vivência o senso da variação. Faz clareira em campo aberto.

Mais do que um sono privado, degenerado em matéria suspensa, pesadelo da aurora a se repetir para o humano esquecido de si, de seu próprio ritmo (decifrado em Inferno de Um ao Um, sem remissão nem conhecimento do futuro, do fim).

Nossa condição é sempre a do suplicante. Sempre a refazer demarcações, a situar o risco interminável do desabrigo sobre o que há de mais estável, acessível.

Por isso espanta no escuro atribuído à noite o formato do cômodo que o Suplicante conduzia na curva da casa cinza, barrenta,

Quanto mais perto da aurora,

Encostado à parede, munido do colchonete laranja contra o sol e as gotas do céu noturno, o homem e seu rádio enorme, em companhia, sem nunca estar ligado.

O mais íntimo não degenera em sonho, é sono de uma divisa real, reencontrada no dia, depois da vigília. Cria sua imagem a partir de outras preexistentes, dadas justamente ao lado.
Uma iminência do outro lado da parede de cimento, cercado de terra e cacto contra o sono mendigo.

Curiosamente, o grafite não é apagado do muro da casa-de-esquina invadida pelo cimento brutal que a guarnece (abrigo abandonado pelo andarilho).

A pergunta não é "Quem escreveu?". E, sim, "Quem deixou de apagar o spray, um já-dito, de novo inscrito?"

As palavras do Filósofo vão tocando todos os presentes como se tornassem bem clara, possível à visão, a margem do que se conhece como travessia pela madrugada. Uma vez que se reúnem numa forma de vigília, passivamente devotada a uma escuta coletiva.

Há coisa de meia hora, passa a compor o coro da audiência o comediante Germano Gioia. Está ali para aprender os gestos de Erico Feital. Ao acaso, escolheu este palestrante. Já se programara para conhecer o Redemunho, só que a oportunidade veio a se dar nessa última sexta-sábado do Ciclo Filosófico. Agora Germano está desimpedido, com o fim de sua temporada teatral, para assistir à conferência noite afora, principalmente com a chance de lhe fornecer "conteúdo" sobre os personagens urgentes, emergentes, na vida da cidade.

Gostaria de anexar ao formato *stand-up* de suas atuações uma *Série de Sentados* – ministrantes de Café Filo, locutores de telejornais (em número crescente, em contraponto às telesériesnovelas tomadas de grande sentido de ação e infindáveis *plots*), videntes diversos de tendas e terapias, ambulantes especializados em tecnologia oferecida aos passantes das ruas paulistanas, muito bem mantidos em suas cadeiras e suportes de especialistas. Traduziria o gestual de figuras típicas, caracterizadas por funções de consultoria e comunicação concentradas em movimentos mínimos do corpo a não ser aquelas do torso para cima, por trás de mesas, compartimentos, anteparos.

Muito alto, engraçado de se ver e ficar, assim, de pé, Germano se mantém recostado numa pilastra, até porque chegou atrasado à conferência. Não retira os olhos das mãos em pirâmide formadas entre uma sequência e outra por Feital. Fará uma réplica.

"Apenas ali, no vazio, ao pairar "no mundo", se abre uma inquietante extensão silenciosa onde se suprimiu o continuum da música"

De repente, o DJ Vazante passa os olhos pelo ambiente, tentando reconhecer o cômico recém-chegado. Numa nesga da visão demorada sobre o espaço, detecta o desenho de um inseto gigantesco surgido dos hidrocores que Delta manipula ao léu enquanto ouve a conferência da noite.

Bando Skate – Está escrito por baixo da figura à maneira de uma legenda. Vazante detém seu olhar ali, nessa insígnia – Brasão do Bando Coleóptero – e o garoto percebe sem manifestar nenhuma atitude contra essa possível intromissão (de olhar, apenas, diga-se).

Saber da música muda do enorme rádio carregado pelo Suplicante traduzido em habitante – Dormir é um modo de se reunir ao anonimato das coisas, dos mundos. Não se trata de um encontro com a chave secreta de uma vida apenas ilustrada por aparições de um sonho, de uma única causa – E casa –

Uma música aleatória orbita sobre os que se mantém em um local e os que passam. Ouvi-la se mostra como desafio gritante, crescente. A todos. Mesmo para os que se cercam de som em transmissores domésticos ou móveis (plugados aos ouvidos).

Música intermitente, infinita, por todos os lados e modos, como o sinal subsistente – abstrato que seja – de vida que não cessa. Logo se implanta, sem a menor intermediação de corpo e instrumento presentes. Passível que é de se rememorar – de cor, cantarola algo automático (assovio) sobre qualquer pensamento, pessoa sequer, um rastro comunicante.

No desenho do menino *skatista,* uma multidão de pessoas avista o besouro desmedido sobre os céus cortados por helicópteros. Os trafegantes são assinalados com bocas bem abertas. Ao fundo de uma bem detalhada Avenida, um pequeno homem carrega um carrinho de Super abarrotado de compras. De um instante para outro, sem se desgarrar da caneta, Delta olha para mim. Mas logo retorna ao seu desenho.

As palmas são muitas, demoradas, logo levando os assistentes a se porem de pé.

Finda a exposição do filósofo, um dos rapazes, que vem em trio ao Café, indaga sobre a relação *clareira* e *música.*

Tudo percute, varia em tradução – traslado –

Porque o Suplicante agora Habitador se encontra instalado em todas as ruas. Forma casa contra cerca mendiga do sonho – o rádio surge, então, como dimensionamento intransferível de escuta.

Como forma de recolhimento, o microdomicílio montado pelo vagante ultrapassa a contingente mendicância quanto mais a torna exposta, aninhada a um resto de casa.

(Aqui o ser-de-linguagem ganha um contorno patético da miserabilidade social para expandir a absurda convivência em um quadro arquitetônico-ambiental conduzido ao absurdo,

O rádio desmesurado como única fonte de contato, comunicação, uma media em desuso, reinscreve uma possível morada em extensão aos que se deixam flagrar na órbita da parede-residência). Como eu mesmo me vi ao compor vizinhança com aquela criatura onisciente, dada ao lado.

Ergue o dedo uma empresária – empreendedora cultural, acabará por se definir na cola da fala do Filósofo. Lisandra cita "Devaneio e Rádio", do "injustamente esquecido Gaston Bachelard, quando dá-se um excessivo privilégio à imagem nos dias de hoje". Ela se encontra comprometida com um convênio entre Bienal SP e radiofonia alemã. Passa a enfatizar o foco contemplado pelo pensador do Café,

Todo o planeta está ocupado em falar...em cada onda o princípio do devaneio...a mesma vontade de sonho, neste vasto mundo e em pessoas de culturas muito diversas, existe um arquétipo da casa. ~

O fato do mendigo – entre cercado e sono – convocar a musicalidade como companhia (rádio mesmo sem som) dá indicação de um modo de habitar a cidade e uma época: justo na rua, espaço entendido enquanto desabrigo (é aí que põe foco no ato de morar). Não à toa, cria anexo, adjacência, com uma outra casa (esquina, parede, parte externa desdobrada do que parece mais íntimo, mais privativo).

Uma espécie de sono público. E, no mesmo movimento, o mendigo, o morador, parodia a música que toca – música do tempo? – inacessível entre mobiles ouvintes plugados em apetrechos on-line. Na linha da rua (do tempo?)

Casa ou Simulacro (Sedimento) –

Anota o filósofo em sua caderneta exibida ao público, sem ocultação do ato geminado de reflexão/rabisco.

(Ele parece desafiar a madrugada que se desenrola na companhia de muitos em lugar do que poderia ser cifra de sonho. Sob a imposição férrea da lei do desaparecimento prontamente cumprida por todo aquele que devaneia e dura, não pode dormir).

Reencontramos Bachelard nesse ponto. O rádio simula a delimitação de um território: todos os lugares onde o Suplicante insemina o poder da deambulação e do devaneio sobre a veste, a pele, a morte em trabalho da existência tão fronteiriça quanto incessante de todo mendigo. Porém, o aparelho não emite som nenhum.

Rossi Penteado, um executivo entusiasta do ciclismo, é quem agora fala. Em sua formulação, reveladora de comentários pontuais em torno de comportamento e cidade a partir da experiência/exercício sobre duas rodas, a solitude de cada habitante só pode ser vencida naquilo em que o rádio investe e procura a cada emissão, uma contra-imagem: "não necessita de rosto.

Algo em comum pode ser tecido a contar daí, desse convívio com o mundo – os mundos, na verdade, cada vez mais divergentes e simultâneos, a cada volta da rua, da noite continuada no dia em nossa metrópole. É preciso abraçar ao ar livre o inúmero, o interminável afluir da humanidade a pé.

Porque todos estão pedestremente situados, mesmo dentro do fumê, da fumaça, da aceleração dos carros".

"Largado ao mundo, o ser solitário fica ainda ligado apenas por um periclitante fio de Ariadne acústico à força embaladora que era própria do mundo sonoro primeiro, interior e total" – E. Feital volta ao formato das mãos em pirâmide ou cabana.

(Um ponto se liga ao pensamento de Sloterdijk através do ensaio de Bento Prado Jr. Sobre Rousseau)

O *Stand-Up Clown* presta toda a atenção nas palavras que geram os gestos e como estes são impulsionadores das palavras na palestra pela noite/madruga.

"Pensamento anônimo precede sujeito ...linguagem" – Veja-se hoje a música eletrônica, reprodutível por mais que possua assinatura...

Não digo nem pergunto nada, não obstante o filósofo instigar a audiência com a nota sobre linguagem/som eletrônico, e a mim, essencialmente. Porque eu teria de me dar em público, de novo, num repentino reflexivo sobre máquinas e motivos sonoros? Ainda que não trate de minha pessoa.

Mais uma vez, teria de mostrar a todos a efetividade da música como não coubesse em si e devesse ser disposta na mais nova mediação. Não de todo feita para a escuta, em função de mais outro recurso – dado cultura/comunidade *clubber* –, um aval adiante, para a existência do elo sonoro entre mundo e humano.

E, assim, o tempo se acresce como na sequência de um sentido sempre suplementar – querendo-se ou não através da continuidade (vitória do capitalismo? voluta impensada, insondável, do próprio tempo a se dispor para além do que eu digo e vivo? e então passo a fazer soar como música de fim e de festa?)

O DJ agora é tema –

O pensamento precede toda noção sonora...por mais que possua assinatura, reprodutível sujeito anônimo a tornar indistinto o vago som eletro, globalizado, ao fundo mecânico das coisas a pespontar a esgarçada aparição pontual do próprio tempo (veloz, vitalista, compartilhado)

Fico com as palavras e as pessoas que se interconectam numa espécie de nódulo ou nó, atravessadas por tudo o que foi escutado precisamente agora. Parecemos agregados a um princípio, a um ponto único, ainda que encontrado no mais efêmero (o *mais* do *efêmero*).

Todos são apresentados uns aos outros, em seguida. Tão logo deixamos a mesa, tento comentar algo com Delta sobre seu desenho, mas o garoto dobra imediatamente as folhas que carrega, pondo-as depressa dentro de sua mochila.

Juraria que a criança quer fugir de mim. De modo lento, se esquiva de onde passo a estar nos limites do Redemunho Café.

Núcleo duro, criança. Pedaço de enigma e extravasão irrecusável para um toque, um cumprimento da graça. Jogo já rolado há muito tempo e, assustadoramente, nunca previsto. Repõe seu halo instantâneo, mas também o terror da armadilha tecida para além dela, a criança – Sempre no feminino, numa autogestão para lá da palavra adulta instituída – a criança – só que comendo dentro da borda de seu nascimento impreciso não de todo dado.

Tranca-rua assim que se veem suas várias faces – bola de gude, bólide poliédrico de celebração como agora paira o globo-lustre do Redemunho, nome Café, compacto urbano, ubíquo. No meio de um tempo logo logo remoto, pingente de um ancestral cataclisma e uma réstia volumosa, volitiva, a rodar com o pouco e o muito que falta ao humano carregado em suas costas de tartaruga, logo revelada brincadeira – "carniça", "mamãe, posso ir?" – em plástico ou recolhida na fúria da terra que a pessoa ou criança escava entre pedaços de outras épocas e o buraco cada vez mais fundo do que não chega a conter a mais nova criança, quando seria o ser mais pleno naquele sobrecarregado momento.

Momento de um tempo mínimo, logo abissal, preparado para jogar nas caras o baralho em falso da idade e do indivíduo. É o brinquedo do mico-preto – é pagação-de-mico e teste de risco, não soluciona consulta de cabala ou adivinha tardia ao longo do tempo cada vez mais curto da criança sem se dar por isso.

Há um poeta por trás de onde estamos – Delta e eu – entre intervalos de reencontro e fuga no espaço fechado do Café Filosófico de Saul com seus convidados. A criança se oferece, no entanto, ao alcance da visão daquele homem calvo, porém muito jovem, que anota tudo, como se estivesse aferrado, para a alegria do dono da Casa, ao registro do instante por escrito, com o intuito de um lugar de honra, cativo.

Chama a atenção de Plínio Poeta uma criança desperta na noite. Instantaneamente, realiza sua anotação a respeito do que se passa. A ser integrada, num visível futuro, ao material de um bem documentado, *já histórico* (como ele mesmo, o poeta, diz ao seu idealizador e proprietário) Café de São Paulo.

Delta tenta se manter distante dos integrantes daquele evento. Parece que está em treino da exibição de *skate*, soberano de ser atração – exímio aos 9 anos de idade – em ambiente aberto no mais novo parque ansiado por todos os habitantes de nossa cidade.

Enquanto fotografa cada um dos participantes da noite, Carlucha tenciona reunir todos no Terraço ainda nessa madrugada. Vai salpicando aqui e ali o convite, como um adendo indispensável ao Ciclo Filosófico, no momento em que o estabelecimento está para ser fechado. Os garçons recolhem os últimos pedidos.

O pacto entre Saul e Carlucha – entre Café e Álbum Terraço – toma novo contorno. Pois, como ela já havia considerado e está embutido na conversa dos dois, no convite de celebração conjunta após a primeira etapa das conferências, "não se trata de uso privado do espaço do prédio e, por outra via, ganha o sentido de criação pública o projeto fotográfico, num claro elo com o Ciclo de Filosofia".

Por sua vez, o Redemunho se projeta para fora de seu próprio âmbito. Não é à toa que Erico Feital considera a possibilidade de ir até Pinheiros com o grupo. Até porque, ao fim de uma comunicação, ele não para de desdobrar pontos não-ditos, tudo o que surge depois e prossegue com a presença de muitos. Parece haver muitos logo depois do encerramento da sua fala. Pessoas não cessam de chegar até ali, até ele. Desbordam a minutagem, os quadrantes de um texto em exposição por meio da fala.

– Interessante, você estar aqui. – Vê-se o entusiasmo de Feital quando é apresentado ao DJ Vazante através de Carlucha. – A música eletrônica, como disse, é um dos temas dessa noite. Aparece, aliás, como um tema da própria filosofia no mundo de agora.

(O tema ultrapassa a música, o próprio DJ. "Há uma relação mesmo entre *sintetização* sonora e *viagem*, a *proximidade* dos mundos; nunca vivi antes dessa época um sentido tão vivo de deslocamento", Vazante chega a dizer em continuidade ao que Erico Feital desenvolve, entabula).

À pequena roda formada entre eles, ao lado de Carlucha, munida de sua máquina (uma espécie de miniatura pontual, bem angulada), achega-se Nato com intenção de despedida. "É porque Delta precisa dormir".

– Você sabe, Carlucha, que sou amigo do pai dele, e no momento estou dando uma força, fazendo companhia ao garoto, enquanto Horácio termina sua tese. Nesse começo de verão, já em novembro e nenhum tempo a mais. No último minuto da urgência. Até que o próximo ano brasileiro volte a se reiniciar em março apenas.

Delta se aproxima e aperta a mão de Erico. Cumprimenta os outros com um balançado de cabeça. Está abraçado a seu *skate*.

Dirigindo-se a todos nós, Nato reforça o lembrete: é preciso ver o menino na abertura do Parque. "Um ganho público em nossa cidade". Uma nova forma de lazer e manobra (Escuderia Bando Coleóptero, é o que penso, vendo Delta sumir pela rua da Aclimação por trás dos vidros do Café).

Dentro do carro, a criança não pisca enquanto se fixa nas luzes colhidas pela velocidade. Na volta para casa. "Esta é a sua cidade". Alguém já disse, talvez o pai. Nesse momento, fala para dentro. "Tudo para você percorrer como um atrito, sem poupar nada do corpo, como sendo algo voluntário: um campeonato "apenas para si". Infinito, bem assim. Travado consigo mesmo. Com um apenas (a carregar dos pés à cabeça o sobrepeso e a levitação dos nomes de todos, de qualquer um a mais)".

(O pai estará escrevendo nessa hora, quando o menino entra no micro-apartamento)

Tese Walter Benjamin, mais uma, dessa vez sobre Recepção Brasil do Filósofo e os papéis da História, Infância. *"A tese é uma titulação (garantia de maior ganho na Empresa de toda a vida, onde comecei criança quase). Não é justo você ficar em casa trancado comigo na roda dos volumes emprestados em várias bibliotecas".*

"E eu não durmo mais (tudo o que não comento com pai). Tal como pai não cessa de ir, feito um sonâmbulo, a Benjamin (reservatório do sono capital de muitos outros estudantes/estudiosos desse nosso mundo). Cada vez mais para dentro de casa, de cá, onde ainda estou"

"Aprenda a enfrentar tudo, ao absurdo do verão que atravesso ao redigir a tese, um tsunami de calor (ninguém fala do equivalente tropical das ondas imorredouras monstruosamente nascidas das águas de um mesmo continente), uma bravata de corrupção no pool dos partidos, como sendo algo natural (aos homens e aos governos)"

A Natureza já fez eclodir o que se mostra explosivo na Cultura (o Inferno, antecipadamente, como Verão)

E enfrento no instante tomado por tudo o que vem pela frente e já irrompeu bem antes de minha nascença e de meu crescimento,

Estou na mão de qualquer um que chega a pé ou sobre a tábua/sapatênis,

Na mão de todo esse mundo parece ser o sexo a única coisa buscada, nunca dada em síntese entre os vivos. Justo onde tudo chega e desfalece feito jato pelo ar no mesmo giro que me equilibra sobre skate,

Sexo monstro, montante de tudo o que não se tem à vista e é preciso desnudar, invadir numa aliança de avassalamento. Tsu.

(Tsunami quer dizer, vem do japonês "onda de porto", corpo de água a avassalar os miradores do mar e do cais em redemoinho único, para além de qualquer pouso, para lá da forma líquida e de uma devastação imediata)

"Onda alta do skate sobre o mais bruto, imediato chão em divisa. Deixa os brinquedos de armar e vai para a rua". Pai Horácio estuda, justo nessa hora, Brinquedo e Jogos em Walter B. Artesania, Arqueologia da História Versus Minuto Escoante em HiperReprodução –

Entramos, todos esquadrinhados pelo skate, um no corpo do outro, depois do giro, atrito tábua/pele/de volta ao chão onde caímos em um gozo-menino de Bando, engatados, de novo sôfregos em comemoração a campeonatos que nunca findam, e agora vem mais outro garoto em jogo, jorro –

"Pai quer pegar pista lisa, onda verde na escrita e em casa. Sem a minha presença. Nato, grande amigo, é o guia para o que eu quiser fazer. Pai está usando a licença "coroada" de uma vida inteira de trabalho para se formar, ser outro alguém. Principalmente, depois da morte de mãe e uma vida sedimentada como consultor-master da empresa. Porque só pelo estudo, ele mesmo, o pai pode escapar da sua sombra.

Um homem não pára de se pôr em maratona – o estudo sempre como meta entre os vivos até o fim do que não conhece e o excede,

Durmo abraçado ao meu skate, lá no quarto dos fundos.

Quando entramos no Terraço, Plinio Poeta mostra para mim um trecho do texto feito por ele no Café. Ele suga num canudo a vodka servida com pedaços de lixia por Carlucha, e então vou percorrendo com os olhos as linhas de seu bloco A-4.

Recém-chegada ao Terraço, Lisandra, a empreendedora cultural, vai até Erico e lhe pergunta sobre o que ele pode definir como "a estratégia de Sêneca, ditada de um lugar recluso, humilde, de acordo com o ensaio *Devaneio e Rádio,*

"Onde a força de tudo reside, como a escuta impossível de um rádio mudo acionado como mensagem secreta, intransitiva, no centro do lugar mais exposto", o filósofo completa. Os dois parecem ter "ficado" um com o outro. Não param de sorrir, num detalhamento interminável do que faz o riso e os rostos que o comportam como uma intimista, única pertença.

"Lugar recluso e compreensível por estar à mão, à medida de todo um/nunca igual, nem redutível a um" (O riso passa de um até outro, enquanto desdobram Bachelard e o Redemunho).

As fotos de Carlucha são sublinhadas por comentários feitos em voz alta acerca dos pontos entre o distante e o panorâmico. É com Saul que ela mais conversa, dispondo já de um gráfico indissociável dos itens do álbum que passam a envolver programação do Café e projeto de Artes para a cidade, redefinida por uma ação conjunta de empreendimentos.

Juro ter recebido uma espécie de cócega na mão quando sou apresentado ao trio de rapazes que andam sempre juntos e somos, na companhia dos demais presentes no Terraço, reunidos para uma fotografia. Fazem parte do registro Germano, o cômico, Rossi Penteado, que chegou até nós de bicicleta, além de alguns ausentes da palestra no Redemunho.

Grelo, por exemplo, uma ex-arrombadora de caixas eletrônicas veio diretamente para o Terraço, em Pinheiros. Saída do presídio há menos de um ano, depois de ter passado por uma grande penitência e tratamento psi com a mãe de Carlucha (afamada terapeuta), ela está munida de drogas para quem quiser, distribuídas em espaço aberto, sem chance de olhares vizinhos (bem aqui no terraço, no eixo do Mirante SP), tendo apenas o firmamento como flagrante.

É a sua primeira festa depois da prisão. Ela vê o Piqueri em todos os recessos, nesse seu retorno à liberdade. Bairro decisivo em seu percurso (e, também, no entendimento da própria cidade), o Piqueri é avistado de onde Grelo se encontra e recorta mesmo dali a mancha esbatida de luz e profundidade a pulsar dentro do aro de poluição e periferia que dá nome à distância, ao acosso de todas as coisas. A convidada pensa e passa o que for de droga para quem quiser, porque todos estão bem aqui no Terraço, no limite de seus muitos lugares contemplados de um só átimo.

Todos os temas – pessoas – comparecem como incidências de uma vida inteira em uma simples foto conjugada. O filósofo fala alto – a respeito das distâncias e dos motivos relacionados com o sentido de habitar – para alguns que se acercam do casal formado por ele e a empreendedora da Cultura.

Atento ao gestual do pensador/conferencista, o ator de comédias se vê observado por ele no momento em que Érico Feital dá trégua à sua fala e ronda com o olhar toda a quadratura que ocupa em espaço aberto. A mulher com quem faz par presta atenção, também, em Germano. Percebem que estão sendo examinados já há algum tempo e dão de sorrir na direção do ator.

Logo estão os três numa conversa em que o riso e o acontecido, o comentário e o espetáculo, a filosofia e o fato bruto não mais se distinguem.

Não há respiro para o *timing* entre a piada e a reação da plateia, como ocorreria em cena com o atuante *stand-up*, pois se vê como peça includente de uma convivência capaz de tudo engolfar no seu instante vivo – cada vez mais ao vivo –, arrebatador. Ele talvez possa extrair uma sucessão de *gags* para seu *show* a partir do contato direto com o filósofo e sua *partner*, promotora de eventos. Contudo, não existe nada seguro, tendo em conta o automatismo das anedotas que Germano Gioia desencadeou. Ele mesmo, impossibilitado de reter a embreagem das palavras traduzidas em gargalhadas, acaba por gerar irrefreáveis explanações verbais, características do encontro entre aquelas 3 pessoas sentadas ao redor de uma mesa, concentradas em uma longa conversa.

Como se a comédia já estivesse em curso, antes mesmo de Gioia elaborá-la pondo-a em cena. "Os Assentados".

As vozes de Érico Feital e seus dois acompanhantes ressoam de modo impactante, exortativo, para o DJ Vazante no preciso segundo em que ele considera a necessidade de se instalar em algum grupo, pois aquele se formou em circuito fechado, inacessível. Sua curvatura de corpo aponta para o cachimbo de *crack* disponibilizado na roda em que a ex-presidiária se situa. A convidada de última hora não cessa de sustentar uma autoexplicação para o fato de estar ali, atraída por um labirinto de mediadores que a conduziram até aquela noite em Pinheiros (em convívio com um só "chegado", craqueiro cheio de causa, em meio a um bando de desconhecidos).

Narra apenas para si – sentando-se no melhor assento do Terraço, cheia de decisão em ficar confortavelmente no espaço ocupado, a burilar o infindável enredo de sua defesa ante qualquer ameaça – a vida perigosa que a ronda, entre controle e concessão, ao infinito. Estufa os seios enquanto autorrelata (monólogo refratário feito texto decorado) sua habilidade em *desmontagem cofre boca-de-lobo*. O nome de Grelo veio daí, das operações detonadoras de caixas-fortes-eletrônicas-estoques de dinheiro ágil e anônimo: Grelo (desarmadora de lingueta, cadeado, de qualquer vedamento e ponto cego, ponta sobressalente de proteção).

Esta era a lógica da ação, principalmente quando vistos na noite os reservatórios impessoais de *cash/ saque/ cheque*. Principalmente, nas colinas de barro – chamadas de "bairros" – desertadas, lá onde Gilmara (como pede para ser chamada agora) tem um plano sempre hábil para a fuga.

Policiais bem de dentro do esquema-dinheiro, do sistema-armazenamento dos valores (lucrados "por fora" das instituições) e do cárcere-coletivo humano, sempre contaram com a mulher ágil em assumir a burla dos projetos de segurança (bocas-de-lobo). Sua identidade circula com foto acompanhada de texto-denúncia (dos jornais às bocas de toda ordem, oficiais comandos "ao alcance de qualquer cidadão").

Gilmara, a "Grelo", descortina o Piqueri: mais do que um bairro (abrigo depois de tudo esquadrinhado pelo entra-e-sai presidiário, ao lado da mãe). Ou o oco, além dos marcos férreos localizados pelo alto pavimento zona oeste (onde ela agora se encontra instalada a reinar fora das grades, com a mão na "massa" quanto mais a "coisa" rola em salvaguarda da polícia). Depois da liberdade, a droga veio a ocupar a função interditada, indesejada já, do arrombamento das fortalezas da fortuna.

Ganhou corpo dentro dela, durante o tempo vivido no presídio, o rastro vicioso e iniciador, como se tratasse dos primeiros fatos de uma existência sem o menor atravessamento: da ausência de limite. "É como se fosse ainda uma penitência no cerco e no desmedido do cárcere. Desde que veio até a droga e "ela" veio até mim (uma combustão, sempre, do aparecido pela frente, um rastilho entre erva e mistura química capaz de deixá-la libertada)". No comando das coisas ao seu redor. É o que não para de dizer e repartir, num só intento.

No mesmo gesto de dedicação às drogas e aos cofres, após sua prisão, Grelo ou Gilmara tem em suas mãos o que bem quer – em se tratando de um arsenal acessível, dotado da força de jogá-la na liberdade como um decreto demarcando, no mesmo impulso, o estalo de sua experimentação. Sob o gatilho da explosão, do ato de arrombar, volta a lidar com o enfrentamento do presídio apenas para sair dali mais carregada de razão, cada vez mais liberta e "por cima", "trazendo o material ilícito bem pra fora do domínio de quem quer que queira".

"Só posso dizer isso – Não transo tráfico, negocio apenas – O segredo dos cofres por um ponto oculto de droga (pela liberdade condicionada, em vigor). Assim, estou no meio de muitos. Do lado de fora. Ao ar livre".

Não tem mais mediador para tocar na "coisa" – mato e medicamento que for –, sob resguardo de sua liberdade, sentindo o gosto da ameaça num lugar distante de todo alcance. O DJ prova do cachimbo, deixando um dos homens do inseparável trio masculino tomá-lo da sua própria boca, em favor do restante do grupo.

"Onde está a música?". É Grelo mesmo quem reclama enquanto espalha todo o conteúdo de sua mochila, sem falar de custo e nada em troca. Na hora em que usufrui de repouso na cadeira reclinável do Terraço e pode fitar o Piqueri no halo gasoso visível à sua frente. Na mirada do horizonte, por trás do trio de rapazes.

Em volta do DJ Vazante, eles se concentram, num ensaio de gozo direto, comum. Os quatro homens (agora com a inclusão do "regente de música eletrônica", um deles pergunta se pode considerar Vazante dentro dessa concepção) se movimentam em função do cachimbo e das brincadeiras verbais que se extravasam enquanto o *crack* vai sendo submetido à viração de uma a outra boca.

"Onde é que fica a música nessa festa"? Grelo repete, fortalecida com a chegada de Carlucha à procura da preciosa pedra de *crack* prestes a se acabar. Pois tudo vira festa na sua boca, no seu pensamento mesmo não-manifesto.

Aprendeu a valorizar, depois de sua detenção, cada segundo vivo por força da lógica que celebra o menos notado sentido. Por outro lado, é capaz de ver o que condena cada criatura. Como nesse micro-minuto se fixa no DJ Vazante, entre os rapazes do trio, para devassá-lo num corte frio. Feito quem talha até o talo as pessoas em sua pretensa liberdade, logo para quem viu tudo: do arrombamento impossível de cofres ao ingresso pasmado numa caixa de grade e logo, pouco menos de um ano, a detonação das fronteiras através do pacto com a Milícia de modo a gerir um ponto de droga na encolha, com a segurança de um morro até outro. De um bairro-favela até os mais novos recantos, remansos da cidade, na vertical.

Assim, se fez liberta, enquanto pensa e mira todos os presentes sem mais a barreira das grades, numa proximidade absurda com qualquer um. Pode bem radiografar quem, no meio do trio, de fato dança ou conduz qualquer gesto para uma cifra ou cripta dentro do próprio corpo, em nome de uma primeira pessoa soberana (tantas vezes morta, senão encarcerada).

Quem fica preso, um dia é a vida inteira. Acaba por perceber o gradeado invisível de todos os lugares, entre os gestos das pessoas e o que há de limite ao redor.

Quem, de fato, dança, solto que está no espaço?

Exatamente, por tal poder de convocação e encontro, a música existe, pondo a gerar seu ritmo exclusivo. É bem por isso que a ausência de som na festa deixa mais nítido o código cerrado do trio de homens. Vazante não sabe se procura a brecha do *crack* ou sua efetiva inclusão no baile do pequeno grupo masculino.

Sem música, os corpos não engatam. Não se engatilham em um mútuo descobrimento. O trio estrito de machos segura a tragada, retarda a circulação do cone em chama como forma de atrair o outro homem para um modo de desfrute e reunião, mesclado com o compasso do jogo entre conter e soltar a respiração, de boca a boca.

Gilmara disseca todos, qualquer um, até desnudar um ser vivo à maneira de uma devastação deliberada. Não há mais forma secreta para ela. Sentada, quase se espreguiçando no Terraço, ela esquadrinha as marcações, os passos mais estreitos traçados pelos visitantes, até seus gestos de descontrole (mesmo impensados). Do arrombamento de toda barreira existente até esbarrar numa entrega ao que chama de festa e pede espaços libertos como esse, podendo gritar no comando da pedra química, da partícula ao vento, da erva até o pó: O que significa isso? Onde está a música da festa?

Em sequência à interpelação gritante, um verdadeiro esporro, da frequentadora do Terraço, Carlucha se aproxima do quarteto ao qual Vazante dá corpo – dentro de um emaranhado de figuras masculinas em um baile a seco. Ela traga longamente o cachimbo na vez em que o próximo a fumar teria sua chance de varar a pedra e continuar em companhia dos três homens. "O que você pode fazer pelo som do nosso encontro?", Gilmara põe acento na voz estridente com foco na anfitriã.

O senso plural do pronome (contido em "nosso encontro") engloba de modo vago as quase quinze pessoas, então, reunidas, pois se atém à concha que se cria em volta do cone do *crack*: cinco silhuetas anguladas por espocos do fogo. E uma mulher na mira.

– O que podemos fazer, DJ Vazante, pela nossa festa? – A convocação da dança é reiterada. Carlucha responde à convidada sobre a impossibilidade de se executar música no Terraço de madrugada.

– Estou com um processo contra o condomínio. Não posso chamar mais atenção além do registro fotográfico que fazemos agora para o Álbum: pessoas da cidade contempladas daqui, trazidas para o ângulo desse pavimento, retiradas da distância, reunidas, enfim. Quero firmar o espaço como polo de arte e cultura, você entende, Gilmara?

– Você pensa na cidade como documento, não? Tudo que envolve e mostra a noite em fotos: pessoas, na real, numa época que não volta mais.

Com o cachimbo na mão, entre uma puxada e outra do tição aditivado, a fotógrafa reflete sobre o fumo do *crack* que vai para o ar. "Já a música, no instante em que se espalha, percorre toda a vizinhança, elétrica, pulsante que é. Não se evapora." Involuntária – por mais que alguém a execute, ninguém vive sem som, acabando por reintroduzi-la (memória cantarolada) automaticamente –, cria motivo para permanecer. Algo bem diferente da droga, da erva, do *crack* até. Pois tão logo se engrena, deve se "malocar".

– Nosso DJ, aliás, pode buscar algum material para documentar nosso momento. Assim, teremos discos, fotos, projetos exclusivos como um sinal ativo da festa que fazemos. Pode deixar, Grelo, a música vem na sequência, quando eu tiver posse desse lugar onde gostamos de estar agora.

Antes de tudo, o DJ é tema, pano-de-fundo, pontuação de panorama, antes mesmo de ser identificado seu rastro, seu raio de incidência no que se passa apenas agora (podendo vir daí, do instante, uma possível música).

Vazante diz, então, que descerá até seu pequeno apartamento, misto de estúdio. Verifica que o aparelho de DVD faz chiado assim que entra no quarto. Não foi desligado de todo. Há uma melodia em repetição na abertura do disco-filme (*Agua Caliente*), pronto para ser de novo acionado.

"Eu quero mais", chega a sussurrar enquanto procura os elementos possíveis para uma festa. Nada encontra de imediato. Convocado para a celebração, o que mais quer são outras formas de toque, "o indeterminado, o indistinto no mesmo jato das coisas vindas com a música e a noite (em Alicante, por exemplo)", sem demarcação de pessoas entre outras, num mesmo tempo. "Nem mesmo um lugar, um só que seja para ser mencionado com a memória que vem do meu corpo e continua fora de hora, fora do que eu penso o que quero".

Ele não volta ao pavimento porque refuta um retorno desprovido do som-de-festa. Os presentes no encontro se preparam para o próximo evento à volta do Álbum em elaboração e do Terraço sob processo judicial, em nome da arte e da metrópole. Mantêm-se de pé, muito próximos da amurada, dando conta dos pontos cintilantes por todos os lados em que se vê a cidade, entre a iluminação elétrica, prestes a se encerrar, e os sinais bem definidos da manhã.

"Ele mora aqui mesmo, no 9º andar...Ficou de trazer algo do seu material sonoro..." O pedido feito ao DJ e a lembrança de sua retirada permanecem no ar. A porta de seu apê ficou encostada, uma vez que ele pretendia voltar com possíveis documentos de sua história na música eletrônica. Será que não continua a convocar alguém até seu quarto, dobra de sombra sobre a formação incessante da noite quando mais próxima de se acabar? Aguarda algum deles – do trio ou pessoa ainda sem dupla, uma que seja, quer dizer, muitos – quanto mais repassa, de cor, todos os convidados. A porta de seu quarto acaba por se comunicar com o Terraço.

Dorme um pouco, ergue os olhos – a persiana sempre isola o sol, já é dia? – Isso não quer dizer muita coisa para o que se passa em volta, logo acima, em sua cidade. O que Grelo chamou de festa terá continuidade. Significou uma espécie de abertura para algo enorme, extenso entrelaçado. "Não se dança tão rapidamente com os mesmos, emendados aditivos", a convidada pensa alto. "Falta música".

"A época é outra", Dario, o DJ Vazante, replica, adiciona, já bem tardiamente (dentro do que se compreende como o mais novo dia), um pouco de voz à conversa interrompida. "Isso se estampa quando alguém se põe em motivo de movimento agregador, em meio a ruído e reunião exorbitada. Feito ontem".

"Falta música", a cada rodada da droga em fartura, Gilmara repete a própria voz em delírio crescente, retornada pelo ar, sem mais réplica. Cerco – Encapsulamento – Cripta.

Grelo reluta em sair do Terraço. Não quer acreditar que tem de retornar ao Piqueri (do outro lado da mirada confortável ao seu alcance), rebatido num relevo de cimento, destituído da nuance da noite, a contar do local onde está "plantada" naquele instante.

Não há música. Num repente, Rossi Penteado dá de discursar sobre a urgente supressão de carros na maior metrópole nacional. Nota, aos poucos, a ausência de réplicas. No rumo para casa, vai verificando que se encontra sozinho nas avenidas quase desertas. Não sabe porque teme fortemente sua condição. Esquálida bicicleta.

Grelo deu as pedras restantes de *crack* para os rapazes em trio. Eles rumaram para a partilha de um lugar reservado na madrugada até o fim.

Não há música. Plinio Poeta é o último a sair do pavimento panorâmico, carregado de papéis A-4, com o copo de lichia e vodka numa das mãos.

Durmo abraçado ao meu skate, lá no quarto-dos-fundos –

Um sono direto. Reto, sem intervenção de nenhum sonho.

VAZANTE

"Haverá prazer mais doce que ver um povo inteiro se entregar à alegria em dias de festa e todos os corações se iluminarem aos raios expansivos do prazer que passa de maneira rápida, mas intensa, pelas nuvens da vida?"

(Rousseau, *Nona Caminhada*)

6

FIGURAS DO DIA

UMA ENTREVISTA

"Sexo, a gente tem que fazer logo
Senão essa mínima perda de chance/cópula ecoará toda-vida".
"Quem foi que disse isso mesmo?"

Convive-se, de cara, desde sempre, com esse resto de conversa mais do que com a presença física de alguém, feito um fato livre, um acesso aberto.

Quando se fala de sexo. Principalmente no quarto, de novo, no estúdio de produções e vida pessoal tomada na sombra.

Dia 1,

Faço bem assim, uma voluntária notação para desviar sentimentos repetidos. Acordo à tarde e rumo para a cafeteria que acabam de abrir logo no rodapé do edifício. Foi muita sorte não encontrar Carlucha e, na verdade, nenhum vizinho no meu trajeto até lá. Ela deve estar no sono que vai dar em noite.

Logo me enganaria depois da minha primeira refeição diária. A vizinha já espalhou as fotos do Terraço, mal chego à minha caixa de correio *on-line.*

Não esperava ter sido tão fotografado. Há legendas que considero datadas a respeito do que sou e do que estava fazendo ali à noite.

Numa vistoria dinâmica pelo universo de imagens disponíveis na *web*, verifico que minha passagem por Varsóvia, assim como meu encontro com Jan Grinberg só dizem respeito a chamadas para o *tour* europeu e a série televisiva sobre *música do mundo*. Não foi feita nenhuma ligação com minha passagem por lugares recentes, nem mesmo sobre o Café foi estabelecido um vínculo mais forte entre o tema da conferência e a minha estada por lá.

Lido tão-somente com a reiteração de "timbres mediterrâneos" modulados por "atos vocais" reconhecidos pelo crítico africano Koumen como "estilização de mantras" em andamento eletrônico. São *tags* difundidos por Carlucha na prévia do Álbum, através de um recorte de tudo que está circulando agora sobre meu som. Verifico estar perto do trio de homens, num intervalo das tragadas de *crack*.

Pareço ser o membro de uma confraria indefinível, surpreendida com olhares esbugalhados para o registro fotográfico. Vistos juntos somos descompassadas figuras umas em relação às outras. Um instantâneo da festa parece explicar tudo. Em torno dos quatro sujeitos não existe maior ponto de liga. Eles surgem como desconhecidos agrupados ao acaso. De repente, na rua, estou muito próximo de Nato e Delta como se estivéssemos formando uma equipe. Escuderia. Já nem me lembrava desse *flash*. Estamos abraçados, de vera, tão logo travamos conhecimento, e sem muita conversa.

Onde está, pois, a música? No ar? Na terra?

A citação shakespeariana, extraída do *Electro Festival* no Reino Unido, cinge agora a moldura retangular onde Carlucha inseriu meu rosto, dando sequência à catalogação dos personagens da cidade, que são, por sua vez, frequentadores do Café e do Terraço. (Ela está bem sabendo fazer a conexão entre os dois espaços, dentro-fora, sem sair de sua morada). Ainda bem que deixei de usar o boné de feltro virado pra trás e não tive selecionada nenhuma imagem trazendo ao lado minha valise de cds e vinis. O corte com essa espécie de *logo* visual do meu trabalho, reproduzida à exaustão, tem sido uma das minhas tarefas mais imediatas.

No Álbum em processo, só se apresenta o material fotografado na noite passada, mas, por outro lado, tudo que há de texto e informação se reporta a um homem que já não sou. E se choca frontalmente com o desfile de dados, coisas e cifras relativos ao DJ, ao modo de uma enumeração fluente, já definida, à mão.

Cansado de checar a relação entre palavras/fotos e a música que executo, passo os olhos pela tela à procura de alguma notícia sobre o Parque Skate. Dou de cara com as letras enormes *Site em Construção.* Sou confrontado, de novo, com a escuderia de Delta, sob o impacto de uma barreira. É preciso deixar de lado as fantasmagorias da Rede.

Por uma questão mais concreta, por força da interrupção do contato, torna-se urgente retomar a conversa com Marcianita. Até porque os elementos de rememoração são para ela um modo sutil de me dizer a necessidade de um destinatário, de um paradeiro. Faço a ligação para o Rio.

Antes mesmo de ouvir a voz de Marcianita, travo um diálogo acirrado comigo. Porque as coisas da casa em Todos os Santos devem ser endereçadas a ele, o DJ, sem suporte de outra memória a não ser a sua, no lugar onde estiver. Minha única irmã ("de consideração") precisa partir. Ainda que ela não diga nada diretamente sobre a necessidade de eu ir pensando em algum destino para o material relativo à música. Pois o restante dos móveis pode ser posto à venda ou a própria Marcianita tem condição de recepcionar a mobília onde for morar.

Não vale a pena retornar àqueles cômodos, isso se torna vivo e mais ativo enquanto falo com a maior companhia que tive (até o instante adolescente de crise, em que a programação do radinho de pilha veio substituir tudo, todas as pessoas).

– Você sabe que eu recebi uma proposta de trabalho em Mesquita? Eu seria cuidadora de uma senhora acamada, muito boazinha. Foi parteira de um dos meus irmãos. Um trabalho que eu posso fazer muito bem, no fim da vida dessa mulher, não é, Dario?

Esta foi, aliás, sua última função ao lado de Dudude. Até chegar ao ponto de não deixar a antiga casa, que chamamos de nossa, pois dividimos muito bem uma vida, tendo sido ela uma espécie de *cuidadora* de mim, de modo extemporâneo (intrigantemente, no meu início, infância, primícia, que nome seja).

Marcianita está querendo dizer do modo mais suave, o mais indireto, que não é mais possível ficar ali de guarda, no fundo do tempo como "a cuidadora" de presenças invisíveis. É ela quem sofre com a solidão absurda, a zelar por vestígios de quem morreu ou se mudou (o meu caso).

Não se justifica nenhuma atividade em meio a objetos harmoniosamente distribuídos pelos cômodos de uma residência, sem razão de mantê-los quando não há ninguém à sua volta. Habitando sozinha o amplo espaço, acaba por se ver como a agregada em vigilância de uma morada que nada traz de seu senão o quarto de onde não quer sair, decorado a seu modo com gravuras de artistas vendidas em bancas de jornais, pintores clássicos e músicos "da hora" (há alguns recortes com a face do DJ Vazante em êxtase, em trabalho, nas noites de lugares não identificados).

– Você vem morar algum dia no Rio?

– Por enquanto eu não penso em voltar. Ando fazendo plano de uma casa maior. – Invento isso de repente como conclusão imediata do ponto em que chegamos na nossa conversa.

Tenho diante de mim o desafio de procurar agora um outro local em função do quarto-de-DJ montado por Marcianita a partir do que foi rastreado desde os brinquedos e suas coleções infindáveis sem senso do tempo e do espaço das figuras formadas.

– Não é que eu pense em deixar o imóvel (uma casa que sinto como minha). Mas não há mais motivo para ficar aqui só por conta...

(Eu não deixei que ela completasse mais nada. Marcianita está só. A garota que ganhou seu nome de um canção hoje antiga, mas engatada por paixões futuristas, lançadas à conquista de Marte, se encontra aterrada num núcleo familiar povoado por fantasmas, fantasias de festa e agregamento).

– Isso me assusta. Você estar aí tão só. Não é justo. Você voltaria, então, para Mesquita?

– É melhor, é o jeito. Teria, além do trabalho, onde morar, também. (Ela dá uma pausa. Não para de me chamar para o outro lado da linha, para a casa concreta por onde ronda, em salvaguarda de quem ainda existe, mas se ausenta de todo). Quando você vem de novo ao Rio?

Conversar com Marcianita significa reencontrá-la, o que vem dar no ato de remover as coisas de um tempo – incluídos os elos conhecidos depois de muitas mortes. Passa entre nós um certo mal-estar pela proximidade, pela parecença com o que a gente não é mais, com o que não se quer ser de modo nenhum e ainda marca presença. Preciso dar urgência às nossas vidas. Nós dois estamos de mudança, desde já.

Desde que a morte de Dudude se mostrou flagrante pelo fato de entrarem em cena os escritos impensáveis de sua luta contra a meningite, transposta numa combinação de papéis minúsculos como a história insidiosa de seu corpo-a-corpo com alguém que é sedutor e médico ao mesmo tempo. Para além da sua vontade e do fecho mortal, irrompeu tal material como imposição do corpo da mãe entre as divisórias da casa, tudo o que se compreendia sob a guarda da "cuidadora", sem atributo funcional, chamada Marcia e, também, de Marcianita, no embalo de uma canção perdida.

Há alguém ali dentro impossibilitado de guardar, de habitar uma região contrária à idéia de lar ou abrigo, no espaço onde um longo percurso de tempo decorreu, uma vez que o mobiliário em guarda aponta para fora, para um fim. Vêm dar na minha direção: peças de uma arqueologia de som (aparelhos, ícones diversos) relativos ao "regente eletrônico", assim como os objetos mais recentes colecionados pela mão da "irmã", embutidos com o que está por vir. Ao arsenal do quarto-de-música se somam os escritos surgidos agora, com sabor *post-mortem* mais palavras em desfiladeiro, talvez confluentes com o que continua ser Dudude, em emergência. A casa de Todos os Santos precisa ser desfeita. "Para ontem".

Falando com Marcianita vejo que é noite quando chego na minha pequena janela.

– Não quero sair de casa.

Falo sem eco do telefone, sem mais Marcianita.

Tenho que dizer em voz alta para mim, porque não faltam motivos na metrópole onde posso girar dos modos mais luxuosamente visíveis ou os mais imperceptíveis (em desfrute dos lugares de culto e centralidade, na promoção de um diálogo cosmopolita com o que está ocorrendo agora, apenas agora). Sob a sombra do DJ.

O interfone chama sem parar. Não há dúvida de que é o toque inopinado, noturno, de Carlucha.

Levado por um automatismo, tateio meus fones de ouvido e passo a ouvir música. Ela não descerá mais por aqui, por ter conseguido o que bem quis, um material de lançamento do Prospecto Cidade-Terraço.

2º Dia

Ir para um lugar maior

(Essa é a senha, justo quando me sinto recluso, com vontade de me ausentar. Principalmente nesses minutos de superposição do som estridente do interfone com a batida pesada do DJ Krush. Em retirada, através da sonoridade executada por música-de-máquina).

Um lugar maior do que o mundo percorrido e em evidência

(Por conta da memória e da música, numa íntima conjugação endereçada a mim com dados residuais, peças insurgentes, pedaços de coisas por se completar numa só esfera)

Tudo o que orbita e gira comigo dentro, sem que eu me retire da perspectiva de uma sigla identificável à distância plena,

DJ

(Um DJ e o lugar maior do que o conhecido, *mix* de futuro, fim e expansão sobre o imediato espaço ocupado por uma infinidade de sons e um corpo)

Há mais de um dia que não atendo telefones/interfones, não vou à caixa de correio. Evito ligar qualquer máquina. No meio da tarde, porém, distraído com meu pensamento sobre a mudança de casa e a voz medida de Marcianita, noto um som – sinal de mensagem escrita que parece mudar o rumo massivo dos contatos. Uma pequena linha sonora anuncia a saudação, o texto breve de Ivo Hav Hazor, o DJ holandês muito falante para quem enviei música do Brasil, como ele sempre me pedia.

De modo irrefletido, pego minhas peças de *jogging*. Tenho uma vontade louca de caminhar.

Ivo H H me comunica o lançamento de um disco há muito prometido. Depois de 22 anos, a banda irlandesa My Bloody Valentine apresenta trabalho logo divulgado em *streamings* juntamente com o disco. É o que chega até mim, no dia do seu lançamento.

A música de um certo tempo vem refigurada, mas com tonalidades prontamente percebidas pelos admiradores do grupo. Ressurge numa voltagem sutilizada ao extremo, justamente pelo que traz de particular, em pleno poder de disseminação quanto mais comparece como etérea, diluída, distorcida, enfim.

Fala-se sempre de "distorções" quando M.B.V (título do cd e sigla do "conjunto de música") toma o ar. Do que mais gosto de extrair à escuta de faixa após faixa é a possibilidade harmônica muito leve, quase inexistente, produzida em meio a tanto ruído.

Pego uma reta de Pinheiros até Butantã. Já estou implantado no corpo de *praticante de corrida*. Assim, muitos me veem na trilha feita por calçadas congestionadas de um lado a outro, por outras formas de caminhantes, por carros até o absurdo do imobilismo, até mesmo caminhões sobrecarregados numa hora cheia, que se alterna aqui e ali por rodízios numéricos selecionados de placas automobilísticas.

A força da voz pequena, sinuosa, sussurrada quase, de Bilinda Butcher dá continuidade a um impacto lançado à sua horda de ouvintes fiéis desde início dos anos 1990. Curioso, eu já estar aqui no campus da USP ao testemunhar a melodia de "Who sees you" sem proteção contra o tempo, jogada em todo tipo de perigo e risco de esquecimento.

Quando escrevi sobre o disco *Loveless* havia terminado meu mestrado em Comunicações nesse bosque universitário onde agora me enredo mais uma vez – árvores baixas fronteiriças ao prédio da Educação antes de eu chegar ao Clube e traçar uma travessia rumo à Praça do Relógio.

Look at you so I come to you
To see
Hold me down when I do
How does it feel
Don't turn back on you

Em torno da órbita formada em volta de minha cabeça, na pulsação de um esquelético *headphone*, Bilinda B. cantarola com a voz mais frágil do universo – verso por trás de verso e um véu de revérbero, movido por ruído. Parece que estive me guiando pelo sinal dessa música por todo um tempo traçado a partir das linhas irregulares do bosque, do *campus* (um projeto de iniciação ladeado por nomes instituídos, faculdades, fortalezas). Só agora, bem muito depois, vejo descerradas a face e a fala nascidas de muitos percursos, como se buscasse uma última referência no abismo de balada e percussão espectral, seguindo apenas o toque do meu corpo.

O Butantã se descortina, em sua sólida edificação, como armadilha do impulso que tomo. Todo aprendizado se transformou em música e na indagação sem fim do homem em execução de suas mínimas partículas (palavras, pistas sonoras).

A força de imantação do disco tem um segredo: a ausência do baterista. Adoentado, Colm O'Ciosoig deixa de participar das gravações (em apenas duas faixas ele toca ao vivo), tendo sua instrumentação recriada em estúdio. Ele é a peça-fantasma da musicalidade única obtida em Loveless. Tudo o que faz ressoar a atmosfera eletrônica com um toque de introspecção até antes não experimentado se deve a esse exercício de apropriação à distância.

Eu acrescentei ao artigo do *Arte Volante,* escrito e publicado no exato ano 1991, assim que o disco foi lançado, elementos de especulação sobre a cultura *tecno* em formação. Agora que caminho pelas aleias da Universidade, de modo abrupto ponho a gravar minha voz "na lata", no ato, no mesmo aparelho em que a música está tocando. Ando e falo, no mesmo movimento, com a voltagem das coisas impulsionadoras do breve texto sobre os Valentines.

Porque eu fazia um resumo dos anos de escola no meu primeiro trabalho impresso para um grande público (fora o fanzine criado ao lado de Zael, lá bem atrás). E queria registrar a multidão de microeventos irrompidos na orla do som impressionante, fantasmal, pegajoso como uma balada do início da vida.

Punha fé na investigação sobre a última década do século: o modelo neoliberalista no Brasil – ou o avanço dos fluxos desregulados de capital – poucos anos antes da Internet (do desenho tecnológico dado à interface de uma era) e da consolidação da política global. Um satélite de canções pontilha meu texto enquanto a imagem *cyber* nos primeiros anos 90 aparecia entre a matemática ambiental de uma outra sensibilidade e os resquícios da catástrofe, acumulados ao longo do século que passou. Século acabado já há algum tempo, deixando bem escancarados os pontos para um novo, sempre novo reengate (difícil de presumir e dar sequência).

"É por isso que surpreende – minha fala se torna desabrida, ao ser gravada, quando passo pelos blocos da E.C.A e encontro um pouso mais recluso para soltá-la ainda mais – o contato com a banda MBV depois de mais de uma década sem gravação. Através de uma outra aparelhagem e de um outro momento de vida na história coletiva.

Justo o que passa pelo meu corpo entre recepção e gravação imediata de dados em forte transformação (força dos transportes), mas não julgo tão remotamente deslocados, como se mantivessem sua presença, num mesmo jato de tempo. Meu corpo só complementa o que recebe de si mesmo (eu que nunca posso me ver integralmente)".

Terceiro Dia

Olhe em sua volta enquanto eu retorno
Para você, sim, você mesmo ou
O sentimento do retorno: um voo
De novo

À procura da pessoa única (você mesmo, eu)
Pura voz desenrolada
Ao acaso de um refrão:

Estou dobrado à sua sombra,
À espreita do um mais um, dado por inteiro

(Repeat)

Nem você nem eu muito menos – Sempre a mais
Há o início (Amor à solta)
A mais livre repetição
De amor, amor (segundo as duas

Mais novas criaturas)

(Repeat)

O amor não se engata sozinho
Por mais que alguém diga
A mais propagada palavra
O amor só se engata
Quando eu digo – você,
Você (até dar corpo a alguém
Bem depois)

Quer dizer (amor se move sozinho): a mais livre repetição

(Repeat)

(Repeat)

Em um novo dia, estou ainda entretido com a repercussão das melodias do disco e da minha voz compactada pela função contígua de gravação em um mesmo aparelho. Tento traduzir as faixas do mais recente lançamento da banda que me levou para o outro lado da música, da idéia de festa e da própria passagem do tempo.

"Desde os anos 1990", busco um marco de data possível dentro do quarto de estúdio de onde devo me mudar. Passando os olhos pelo cômodo, não consigo localizar o lápis 6-B utilizado para notas do caderno que ainda mantenho simplesmente para listar sets/seleções do som que cada noite terá.

Quero passar para o papel a letra traduzida oralmente, num *impromptu speech,* já criando a versão para a minha língua materna, motora de música, no decorrer da faixa "Who sees you". Deixei a voz de Bilinda ao fundo e atuei com a minha fala em transposição do que se desenrola na lírica do MBV. Dave toca o telefone fixo, "já que você não está atendendo aos *e-mails* e precisa ao menos "alimentar" o Site, além de preencher a agenda até o fim do ano".

"Estou mais ligado do que nunca em tudo que vivo e tento dar um testemunho direto de escuta e visão para quem quiser". (Falo para mim, mas estou dizendo tudo isso de viés e de improviso).

– Acabei de traduzir uma música dos Valentines e quero realimentar o "nosso" Site, publicando lá por escrito.

– E um tal projeto de "Album Terraço Cidade"? Acabei de receber fotos suas. Como você vai participar do evento?

– Já estou participando. Vou entrar com depoimentos e material particular. Não fui eu quem mandou as fotos, mas minha vizinha.

Levo um tempo a falar de Carlucha e, claramente, da minha disponibilidade em inserir fotos e documentos nos espaços do livro. E por falar de dados, arquivos, Dave vai ao ponto: a chegada de Jan Grinberg ao Brasil para uma entrevista comigo, dentro de 15 dias.

É outro livro que se anuncia, agora com a assinatura do estudioso alemão. Noto, enfim, o sentido da antecipação em registrar diretamente com a minha voz alguns itens passados ao lado de outros bem urgentes. De repente, estou depondo. Ponho em ativação minha própria fala. Só agora noto a convergência das linhas que vão me guiando para uma conversa concreta com um interlocutor, provido de motivos e projetos: Jan Grinberg.

"Um livro sobre DJ, arte/cultura, começo de século, Vazante", não fica sem complementar Dave, meu único empresário até a hora de agora. Notável é o modo como ele se revela cheio de cuidados. Chega a manifestar um orgulho meio espalhafatoso por mim. O reconhecimento de um trabalho só ganha feição, feitio de festejo, ao tomar o corpo da letra, é o que parece. Por mais que meus *samplers* proliferem e imagens/vídeos/apropriações sonoras se espalhem, dando notícia de que atuo no mundo (em alguma parte, que seja, com a eletricidade de um efeito inseminador de "todos os lugares" e "mundos"), só nesse instante o espalhafato ganha a superfície da fala e do contrato de Dave. Por conta de um livro futuro.

Espalhafato. Precisamente, no momento em que começo a entender minha história em vinte anos, como se nem houvesse – no decurso de caminhadas intempestivas, imperiosas – intervalo entre os estudos na universidade e os estoques de som. Por força de um mero impulso de colecionar faixas de música em meio a anotações de um caderno estritamente tático para a travessia mais simples para o dia que se segue. (Ou melhor, é a noite que rege a seqüência).

"Eu estou por trás do livro. Concebi o tom e a sequência das matérias, fotos e entrevistas a serem incluídas", disse o ruivinho agitado de Baltimore. "Ao lado de Jan Grinberg – Dave não para de informar em voz alta, bem embalada, numa confissão, quase, de sua influência em *off* sobre o projeto em gestação –, vou reinventar a permanência e a vida do DJ, quando mais parece dispersa, hiperreiterada em padrão automático/noturno.

A sua história, por exemplo, Dario".

Espalhafato, sim, é o que vem de Dave através de um convite para me reunir com ele, no fim desse dia ainda, na companhia de dois jornalistas e sua assessora de imprensa. Em nome de um livro onde transmitirei a memória de anos virados em noites.

– Espalhafato, não, Dario. Quero fazer uma divulgação à altura do primeiro mapeamento sobre a Arte-DJ na cultura dessa época. De uma era, enfim. Há mais de vinte anos, essa trilha escorre. Você está lá dentro, do livro, inclusive, com sua vida, merecedora de testemunho. Muito além de seu toque peculiar de mão, de mixagem: distorção eletrônica e palavra em *impromptu.*

– Distorção?

– No mínimo, um estardalhaço. Vamos traduzir assim o que se chama comumente de toque eletrônico do DJ. O estilhaço de um estardalhaço (*Dave ri do que ele projeta e acaba por expressar vocalmente, sempre a testar seu domínio de pensamento e fala em língua portuguesa*). Pelos temas que Grinberg está reunindo, cada DJ desse mundo, dessa hora, terá um capítulo com estudo e entrevista. Um estrondo, eu penso, quero dar justamente esse efeito.

– Nem estrondo, nem estardalhaço, Dave (*pausa*). Distorção.

– Distorção. Essa é a palavra. Aliás, toda palavra não passa de distorção. – Diz Dave Wellek.

7

HIT

O MÁGICO

O ASSOVIADOR

A pergunta é: para onde foi a música?

Estonteado com a declaração do homem-de-rua, turista inglês degenerado em ambulante – viagem de retorno obstruída pela falta de ganho para o retorno depois de um gasto imenso (juventude ou prova-dos-nove) – numa afluente capital europeia – Lisboa, mais precisamente. Ninguém diria que fosse um artista desorientado (certamente, um instrumentista). Sou capaz, no entanto, de me comunicar do modo mais direto com ele (um simples caminhante).

O rapaz não larga sua flauta doce atravessada por um cordão sobre o peito, sem fazer, contudo, alusão a nada a não ser sua apresentação como "vidente" em serviço.

Pronto para dizer tudo de mais importante revelado ao visitante da cidade (qualquer um que chega, a cada vez, agora "eu" no caso). Quando mais desocupado de seus afazeres, do pensamento corrente (seja sobre o que for). "Quando, então, todas as coisas saem da condição submersa, vindo livremente à tona, desimpedidas de palavras e planos de raciocínio, bastando que alguém – Dario, seu nome? obrigado por dizê-lo – abra a palma de uma das mãos".

O encontro mais ocasional do mundo: aquele entre um passante e um pedinte, entre um músico e um mago, vai se tornando a chave da entrevista concedida a Jan Grinberg (há quase cinco anos).

"Esta é a minha indagação intermitente no instante em que o crítico alemão lança para o DJ Vazante a pergunta repetida a cada um dos integrantes do livro *Culturas do Som – Séculos de Música Eletrônica:* "Para onde vai a música?"

Para onde foi a música?

Reitero e me concentro na linha viva desentranhada do depoimento de Dario/Vazante. No mesmo minuto, me ponho a perguntar sobre a presença, senão a existência desse mesmo homem (de sua legenda dada ora frontalmente, ora por detrás da máquina que move uma arte, uma grife, um engendramento de sons em espraiamento e dispersão). Onde?

Desde quando –

"Abra a palma".

Imediatamente, o vidente de rua se pronunciou a respeito da espécie de missão que eu tinha: criar um HIT. Falou bem soletradamente.

Nunca foi esse meu propósito. Hit. Girei numa onda quente de espanto que me fez suar muito. Talvez, notando meu desconforto, o inglesinho – pois antes de tudo se apresentou como morador de Manchester à procura de abrigo, "quero dizer, dinheiro para o retorno, pois em Lisboa não encontro pousada a não ser no lugar que o Sr. está vendo, nesse chão forrado de feltro, amuletos da sorte, instrumentos de boca por cima" – esclareceu sobre o peso leve da palavra "missão".

Nada para me preocupar, me certificou. Basta a adoção da senha de um "truque". Trick, estalou dois dedos de uma das mãos. Porque a outra não largava da minha. Trick. Hit.

É tudo que me faz fugir. "Eu não espero uma fórmula mágica", expus automaticamente minha repulsa a qualquer negociação a notar de sua consulta abrupta no meio da rua de sol, raro, no início do inverno.

"Na verdade, aguardo uma profecia de você. Porque não vai ser possível sair de onde está, vendendo patuás, simpatias, como se fossem truques (ou qualquer outro nome que seja na sua língua). Esse texto é repetido pra todo mundo que passa? E aqui, em Lisboa, é bem todo o mundo (sucata cosmopolita, o recanto mais barato do EUROPA). O texto é um só?

– Não interessa o texto, mas o que estou falando agora a mercê de cada pessoa que pára. Por outro lado, nada tem a ver com quem passa. Pois o mais importante é indiscriminadamente o alcance do Hit.

Não sei o que senhor faz, mas na linha-de-vida há essa incumbência "para si" (nesse segundo, o pequeno mago de avenida hiperlotada por turistas usou a forma reflexiva do português de Portugal ao mencionar a relação pronominal com um outro).

Para si. Um hit. (Guardei comigo o que foi dito tal como um talismã. Principalmente, porque depois do desafio lançado para sair da condição de "passador de truques", o rapaz me forneceu uma charada a ser pensada, apreendida da conversa "consigo").

O mago frisou o breve relato como que profetizado sob o toque da minha palma de mão. Um hit para si. (Apenas, e ninguém a mais).

Só bem depois, talvez por demais tarde, venho entendendo o toque de aprendizado que me propiciou. Ao dizer na mesma medida da consulta sua formação como músico, preferindo naquela estada em Lisboa exercer o dom da conversa e da palavra com as pessoas achegadas à sua frente.

Quando tiver diante de si um aglomerado animal (de pessoa a pessoa, mudo os nomes dos bichos, digamos agora "cacatuas") em ânsia pelo mesmo néctar suspenso no fruto mais alto, veja sempre o sinal de onde o alimento de puro mel se desprende. Não adianta perseguir o mesmo ponto.

Dá-se um intervalo entre o bando de bicos na roda da mesma coisa dita e tida como suprema. Assim como o aparente único local de onde tudo parece gerar conquista e fonte.

A cada momento o centro – o sumo – se desloca. O mais importante é entender o ponto de liga entre os ramos da árvore, as asas/cacatuas e o vazamento do mais depurado sustento.

Entre trick e hit – Não se deixar embaraçar pelo interminável movimento – o que vem e volta – o que desfila à volta como sucesso ou sucessão.

Deixar um ponto sempre vazio no espetáculo ausente/de corpo presente – de um animal ao próximo homem e o que vaga, fruto flora força sem-nome. A vibrar. Pelo ar.

Este é o hit (um enlace com o vácuo, um núcleo pulsante pleno). Ao alcance. Nenhuma música.

– Serei franco com o senhor. Estes termos não vêm de mim. Eu somente transfiro de um para cada um, em particular, o que está contido ali naquele livro de fadas, manual do mágico traduzido enquanto palavra caminhante. Faço, a partir de quem vem, uma seleção oral do volume escrito, ilustrado, posto em cima do estrado de feltro onde me sento. E, também, me deito, antes de voltar para casa, um dia, espero, "que seja em breve", rezo, acordo, a retirar de um simples sonho a consistência do que quero e vejo a passar com os outros, aos muitos pés do chão onde, ainda em via pública, me estiro, e dou de viver.

– Este foi o maior evento da "minha vida", como você me pergunta, Grinberg. Encontra-se aí, também, a maior experiência que tive e posso ter como instrumentista. Justo quando você lança a questão: "Para onde vai a música?"

"Por linhas enviesadas (no cruzamento com o que está ao inverso, seu "não")", eu respondo.

A repercussão do que faz som, seu mistério duradouro e uma possível continuidade. Sendo ou não praticada, audível ou desaparecida, faz vibrar uma dimensão-música. Transferi o talismã doado pelo vagabundo inglês em Lisboa para a espécie sonora que ainda lateja na antiprofecia emitida. Entre hit e trick.

Grinberg, Jan (org.). *Culturas do Som – Séculos de Música Eletrônica.* Stuttgart/São Paulo: Deva, 2010. p. 119.

Desde o instante de leitura da entrevista, com lançamento muito prestigiado do livro, não tive mais notícia do Dj Vazante. Pelo que se sabe anda retirado a produzir um disco, seu primeiro, não mais adstrito à compilação dos circuitos sonoros em pistas – sob a orientação dos *beats* das noites. Um trabalho de compositor (eis o alarde, embora ele mesmo não tenha falado nada a respeito).

Nem mesmo Dario – o homem por trás da função-sigla – no dia a dia – nos polos que levam aos acasos noturnos – pude avistar mais. Ele estava, porém, ao fundo da aglomeração de participantes, no momento em que o Parque Skate SP foi inaugurado.

PARQUE –

O que está na pista. Música quebrada, capaz de suscitar sinfonia, por obra dos instrumentistas dispostos em todos os ângulos do rinque. A orquestração está afinada na tentativa de criar um ritmo alucinado de guitarras à medida que o bando de desportistas trilha o espaço em cima de seus *decks.*

Prefiro ganhar uma velocidade desmedida na superfície ao meu dispor, para só bem depois deslizar com a calma coroadora da segurança dotada da força de consagrar um menino sobre tábua e cimento. (Este era meu pensamento. Pouco a pouco, Dario se fazia visível, um pouco disfarçado pelo capuz mais óculos escuros. Depois não pude localizá-lo. Ele não rondava mais a área quando fui aplaudido, fazendo a inauguração do Parque, num rodopio solitário: virada vertical, mortal, de corpo inteiro, saudada por estouro de fogos e champanhes).

LIVRO –

A contar dessa tarde-noite histórica – para mim, ao menos, porque depois o ganho obtido pela cidade com o erguimento do Parque se diluiu na fixidez da paisagem, ao avesso de qualquer data –, posso dizer que perdi D/DJ de vista. No entanto, não paravam de chegar notícias. Principalmente, o livro (seu depoimento entrecortante em meio à entrevista). Enfim, editado, justo na hora de pai lançar, também, sua tese com capa dura e tudo: *Jogo/Montagem: Benjamin no Brasil.*

Tenho parte nisso, no que está escrito, como se lê no fronstipício: “Para a criança que habita essas páginas, na maturação de uma pesquisa de toda vida, ao querido D”.

Horácio Diaféria –

Pai –

O nome ocupa a capa de um extremo a outro

Eu sei que o *skate* foi a forma encontrada por ele para me manter ocupado na rua durante o período de escrita da tese. Uma forma de liberação, por outro lado. Brinquedo e hiperatividade.

Engraçado é que, depois de editado o livro, pai é quem anda, não fica quase em casa. Já me considera um esportista desenvolto, ou seja, um "filho criado", não mais ao alcance da mão.

Para recuperar o tempo isolado dos hábitos adquiridos nas cercanias do Centro Velho, permanece fora até muito tarde. As amizades parecem ter aumentado, é o que diz. Só fica de conversa. Alguns já leram seu livro e vão lá nos bares em volta da São Luis dar continuidade, ao vivo, à experiência com "as teses sobre História", à passagem mesma do tempo transposta por aquele homem disponível para suplementar o que foi lido.

Porque abismado nos limites de um pequeno apê no prazo de um verão absurdo, o mais intenso na cidade, de quase 7 meses, porém favorável ao desencadeamento de uma tese. Sob ameaça de uma impensável seca urbana tornada realidade gradativamente dia a dia ao ponto de esgotar os reservatórios paulistas. No céu de ferrugem, nuvem nenhuma. A manhã é uma lâmpada de abajur que se apaga. Calor crescente, empanamento de couraça por cima de tudo – edifício-conglomerado e um losango de homem a digitar fora da margem de hora.

Dei de ler também *Jogo/Montagem.* De um modo vagaroso, como querendo entender meu pai, especialmente agora que ele se acha, de novo, distante, favoravelmente à parte do que eu vivo. Bem na cola – imediatamente depois – do livro de entrevistas organizado pelo alemão Grinberg – porque eu estava sequioso de saber mais sobre o DJ conhecido numa noite e avistado de relance no dia da maior exibição de *ollie skateboarding trick* dada por mim até o dia de hoje.

Like a trick – Agora vejo a coincidência com o depoimento de Dario Amarante Vaz. (Pela primeira vez, ele entregou seu nome por extenso). Emendei uma leitura com outra. Entre um volume e outro, muitas histórias se contam. Eu não sou mais o Skate Kid da nova Paulicéia sediada na orla do Centro Velho.

Alguém poderia dizer que tenho estado coagido. Nada a ver. Saio até. Para caminhadas. É bom que se diga: eu para mim mesmo.

Trick. A palavra volta. Eu mesmo vivo a dar voltas, apartado de meu suporte e vestimenta característica para os giros mais altos.

De súbito, me vejo entretido a interromper meus passos para coletar papéis. Dá impressão que, numa coleta ao acaso, encontro uma forma de substituir a agilidade permitida pelo percurso *skate/borda*. Vou somando pedaços de expressões e notas em "estado de nervos" (é assim que chamo não rabiscos, mas "ranhuras") ao arsenal remanejado de um passeio a outro, com os pés no chão, como se fosse agora esse meu maior passatempo. Melhor dizendo, meu novo modo de vida. Porque estou comprometido com atuações em transparência a um nada vago juízo coletivo, desde meu surgimento como ícone em miniatura do planejamento da maior metrópole nacional através de um Parque.

Não me esqueço de casa. É engraçado, quero voltar correndo para aquela caixa chamada de quarto. "Foi por violação?" O *skate* me levou muito cedo ao sexo e, numa só tacada, à violência. Em direção ao que não se faz mais como cômputo de um jogo. A luta de um corpo até outro, a nu, isso sim. Gozo ou teste de força? "Foi?". Começo a anotar (no recuo da casa, um quarto, para ser preciso a parte debaixo de uma beliche esvaziada mais acima pelo irmão morto precocemente).

Eu para mim mesmo mando uns recados. Acabo de colar (não apenas material escrito) o que foi ouvido nessa última tarde da Rua Caio Prado ao tomar uma xícara de expresso na cantina virada para a Augusta. Já podia notar uma senhora escandalosa, tão velha quanto envenenada por uma fala agressiva dirigida a todos com quem cruzava.

"Estou na miséria. E minha morte foi diagnosticada para o meio deste ano". No instante-café, os garçons fizeram questão de receber essa mulher de mais de 80, oferecendo-lhe um expresso, como é comum fazerem toda a tarde "aos seus préstimos, minha senhora". Na ausência dela enquanto a mendicante rumou para a toalete, um dos rapazes do balcão comentou que a velhota altamente dramática, assustadora a cada dia, foi jornalista da TV Cultura, tendo perdido direito à aposentadoria por ter se encantado com a Albânia, lá permanecendo numa longa estadia.

"Pelo menos, é o que ela conta quando não esmola" (no tom mais antigo de um melodrama em descalabro).

Falar de si ou do outro não possui um ângulo assim tão preciso. Nem faz mais diferença. Desde que seja em voz bem alta, à maneira de um depoimento – enquete – matéria publicável "no talo". Mesmo sob a tacada de um monólogo, mendicante que seja, vicioso, feito para opinar, independentemente vindo de si ou referente a todos os passantes.

"Desgracei-me, meu filho". Por uma vida de aventura poderosa em documentação sobre conflitos de toda ordem no território extensivo a todo o continente conflagrado pelas mutações dos últimos tempos, ao fim de um século.

"As pessoas são livres para viver o que bem entendem, jurando ter sentido tudo aquilo como bem próprio. E já não são quando começam a dizer". O garçom emite, quase num cochicho, o que conhece acerca daquela mulher enquanto enxagua o copo de geleia onde vai servir o expresso para ela.

O que Dona Diná – o atendente do balcão solta seu nome para o vizinho de balcão e logo o engata, numa nova saudação em voz alta, quando ela retorna ao centro do Café – realiza é uma espécie de tradução documental do elo perdido entre si e a matéria verídica de tudo que a excede? Uma via saturada de economia, impasse geopolítico, perda de memória ao fim de si/século/senso de mundo?

Em um mesmo jato bruto, indiscernível? Fala de si ou dos que estão próximos quando chegam em seu cruzamento de pedinte? Parece não se retirar do prisma de uma reportagem da qual é tão-somente uma emissora *in loco.*

Cada vez mais tomada pelo terror/entorno que a transfigura, entre seu relato de repórter extraviada e o pedido ultramotivado de sustento, testemunha num mesmo movimento "a derrocada total, meus senhores. Diná Medina Fava".

"Violação", a palavra se vira para mim.

Suma – Montante do vivido prontamente exposto nos papéis que recolho pela via mais lenta do "esquéite" (bem depois de campeonatos jatos cegos sexos). Através da boca de uma velha Repórter Universal hoje suplicante do próximo passo pelas Avenidas. "Violação", quer no corpo quer no trânsito mais imóvel do tempo.

Violação: e pior é que a palavra me encontra. Pareço ser seu pertence. Escrevo o início de algo resultante no texto a ganhar mira no espaço específico do quarto onde gosto de estar. Não é mais mero lugar de retorno, repouso, despacho do corpo moído por terra/cimento/esquadro:

Skate –

Gosto pelo sexo crescente. Depois dos agachamentos, saltos e chutes, tudo o que tonifica os músculos, há um recanto onde nos tocamos, em grupo ainda. Sedução guiada entre garotos de muitas idades, alguns já passados da adolescência. Reza a lei de só haver doação mútua do corpo de um ao outro, sem escolha, nem distinção, para os integrantes do mesmo bando. Coleópteros.

Especulamos sobre gozo em expansão, tamanho das picas na correspondência entre quinas e pontas das tábuas contra o concreto. As performances são avaliadas sem que ninguém vista a roupa nesse depósito da Rua Ipiranga (área de desembarque das evoluções incessantes bairro a bairro, todos perdidos, já, da noção dos perímetros, zonas e escalas de status paulistano).

O risco é que formamos uma outra maratona. O jogo do gozo se esvai. Não sei se rompi algo de duro, inviolável interditado ou se feri a fundo o meu limite em riste, fogo do metal sobre a pedra da terra. Não sei, não sei. Há dias giro pelo quarto.

Cercado/Pavimento –

Há dias giro pela cidade.
Não pretendo encontrar nenhum garoto-coleóptero.
Será Dario a pessoa a quem me endereço? Em arremesso?
Temo pensar em tudo isso. Retomo o livro de entrevistas.
Estou a pé.

Considerações sobre o surgimento de um Hit –

(Chama-se, assim, a subdivisão do depoimento no interior do capítulo reservado a Vazante, empenhado que estava em desdobrar as palavras inglesas do mago-mendicante para o campo sonoro.

Chega a se lembrar da exposição remota do filósofo Érico Feital no que envolve percussão e vida deambulatória. Premonição contida em conferência, justo pelo que revela de mais circunstante?).

A "fala" do DJ dentro do livro aparece à maneira de uma concatenação de dados dispersos em diversas partes do mundo e de sua "época", na fratura de situações impensadas, em retorno. Não deixa de ressoar como uma mixagem de palavra a palavra pronunciada. Ou ouvida para se tornar um pronunciamento sobre "si".

Em certa tarde, escutei no rádio "SuperBacana", de Cae. Alguma coisa nascia no modo de entender música para ser veiculada, ao modo de um chamamento para a produção discográfica em grande escala (àquele momento de aceleramento industrial brasileiro).

Os super-heróis recriados pelo poeta-letrista não tratam de outra coisa. Música-da-hora. Com a potência vigorosa de autodescoberta (tão bem declarada no texto veloz em enumerar e se vitalizar com os aditivos de SuperPateta, na contracorrente da Moeda Número Um do Tio Patinhas).

Tarde da infância na passagem para a adolescência. Talvez a marcação dessa etapa esteja nas letras, algumas delas quilométricas, radicalmente poéticas, que começavam a ser feitas. Os Beatles de "I'm the Walrus" já podiam "cantar a pedra" (ao ponto de Allen Ginsberg saudar a faixa incluída em MAGICAL MYSTERY TOUR).

"Eu sou a morsa. Sou eu mesmo". Segundo a charada do vendedor-de-sorte na avenida Lisboa: um hit deve ter o impacto direto de um desafio – feito um repente – conduzindo ao enfrentamento pelo desprendimento de tudo fazer circular.

Agora passo para o SuperViraLata, sou subitamente o pato ou o papagaio em pouso ("duplico toda música que ronda") sobre Copacabana Me Engana. Os animais são trocados de exemplo a exemplo. Para melhor ser localizado o ponto neutro de onde tudo jorra sem moral no fim, nem no princípio. Um repente. Viola ao vazio. Festa no céu das canções infinitas confundidas com o próprio sentido de um a um (um só ao vivo).

Um hit conta apenas a história desse um à distância, do ir-e-vir (duração dos espaços, senão a música como divisa). Sem que a ideia de astro pop enquanto autor venha deter o jato, o jorro, em nome de um recorte ou adesivo favorável a uma inserção no tempo e no texto aguardado (por um provável número de ouvintes).

Um irrompimento. Ir ao Hit. Não fazê-lo dobrar à minha imagem. Nada a ver com a figura formada enquanto eu canto (pelas ondas à distância de uma emissora radiofônica nas tardes de um certo tempo, convertidas em streamings shuffles de um ipod, p. ex.) Por efeito tardio, intempestivo, no local onde desponta a melodia.

Irrompimento Hit.

Tem só a ver com o atrito alcançado no topo da tábua: pé cabeça cóccix corpo à solta. Arrasto, arranhão: *hit.*

Tudo a ver: os meninos do Bando continuam a me chamar para um voo no plano. Pendência entre o talo de Tanaka e a boca na curva única bem junto dentro de Aloé. Eu tantas vezes ativo na aplicação do sexo *skateboard*, tenho a palavra virada. "Violação". Contra mim, sob meu poder, em toda sua voltagem de aderência e ataque. Sou eu mesmo quem a atiço e passo a sofrê-la, dependente da maratona em grupo. Agora quero praticar sozinho sem perda da velocidade e do desejo mantido por qualquer um (muitos, inevitavelmente).

Quase não tenho saído do quarto (entendido como reserva), na estratégia da leitura praticamente de um livro (de meu pai, quer dizer, por ele escrito). Nos vários volumes – tantos que eu quiser, disponíveis em nossa casa –, o mesmo livro (porque conta a nossa solidão enviesada, no paralelo de um com o outro).

"Violação" (termo jurídicossexual sociológico, negociável como fundamentação do corte primeiro, infindavelmente remissivo até seu ponto vazio). "Violação" vira, volta e vem de vez. Eu atinjo a palavra pronunciada em voz alta dentro do meu quarto. E gozo solitariamente por cima (sem mais ninguém, nem mesmo eu diante do pau avulso, anexo ao que sinto e penso de mim mesmo).

Passo a dizer, ao contrário do misto de refrega e prazer: "evoluções". Ao alcance do grau maximal do que está por vir. À altura de quem se posta com o pé no chão.

(Ah, não paro de ouvir música e, então, passo a abrir outro livro, no trecho do depoimento de Vazante, que coincide com o meio do volume).

Caminhar, fluir, quando não há mais suporte, esporte.

Depois vieram "Ouro de Tolo" e, uma década depois, a estonteante "Kátia Flávia", de Fausto Fawcett. Um veio proveniente, talvez (também), de Dylan. (Em meio a tal vertente, "Horses", sinfônico rock da aceleração conjunta com a meditação, composto por Patti Smith).

Um hit não é um simples "estouro" a escorrer de uma baba-balada. A tese ao contrário vive desse avesso: quanto mais infindável, intrincada, absurdamente transposta em letra-de-música uma canção subleva a noção de ouvinte.

Gostaria de explorar os territórios cristalinos concebidos na vibração das gotas de chuva – tal como expõe Brian Eno acerca da Ambient-Music (no mínimo minuto em que desenha seu projeto, na cara aberta à vidraça, ao vendaval, em face das mutações atmosféricas).

Tal como Eno testemunha em seu diário intitulado UM ANO (e seus apêndices "estourados" da margem do livro e seu agregado horário/histórico).

Ao mesmo tempo, não abdico do meu interesse em suscitar o corpus de um desempenho vocal. Aliás, uma marca da "eletrônica" que produzo se agrega à emissão de palavras. Tal como Eno, na queda sonora de águas, imagens capturadas de inusitados, inexistentes filmes ("mentais" que sejam). Mais: a musicalidade ao infinito a sulcar os formatos/compactos/portáteis peças de disco.

– Então, é esse o seu projeto tão anunciado. Assim se dará o seu registro da atividade de décadas como Dj? Quando? Um cd? Justamente, no fim da era-ouro indústria fono?

À procura, até o momento, do disco prestes a ser gravado (promessa, um dia). No rumo do DJ. Ou melhor – por mais que doa, sem a programação e a propagação da violência. Estou "na cola" de Dario.

Por essa razão adicional – não ficar em cima de um *skate* para não perder um encontro súbito com ele (Dario/Vazante) nas ruas da cidade –, tenho mais caminhado do que tudo, quando não fico em casa a escrever o que passo a chamar de "Download do Dia". (Só para não frisar diário, confissão, e sim exposição do que está para além do que julgo, penso e passo a ser). Porque desejo me manter fiel à fiação de um bloco de notas, tão-somente.

Como se o dia passasse na sua contraface – contraefeito – da constelação maquinal onde me insiro e se inseminam as menores sensações de estar vivo (numa "época", num certo lugar). E eu não pudesse perder mais o rastro externo – exorbitado, aéreo ou terreno (o que for, tudo num mesmo tempo) – quando/onde mais me sinalizo.

Fico pensando o que seria um "estouro" no circuito electro? Eu mesmo já tive meu *hit, aliás muito cedo: Beijing Over Night Suns, conhecida como a "melô do assovio" antes até que "Young Folks", dos suecos Peter, Bjorn e John, explodisse, em 2006, na tão vaga quanto hiper aludida "estratosfera" de* pick-uppers *e seus dançantes.*

De repente, entrei numa linha melódica, que acabou me levando para o uso da voz como assinatura de meu trabalho no manuseio de samplers *e todos os recursos da técnica.. O que quer dizer: meu timbre como DJ veio de estalo através do assovio. O* hit *como ponto de encontro entre essa primeira forma rememorada de som (um silabar, um silvo) e um hino.*

Utilizei, então, a canção-de-guerra pequinesa surgida numa breve passagem pela China. Verti para um som pequeno, ao léu, tomado de grandes, unificadores propósitos de indução ideológica pelo som (sua repetição até o refrão). Um assovio, pois.

Aconteceu de súbito, principalmente através de notas em revistas, inserts *em pisadas de dança diversas. Ao mesmo tempo, a composição traz um teor de data e um gesto espontâneo, volta e meio capturado, reengrenado no círculo eletrônico.*

Qianjin, qianjin, avançar avançar e avançar – Fico a pensar sobre minha condição de isolado, protegido até aquele momento por uma certa sombra de regente incógnito. Como se me abrigasse uma espécie de incandescência, irrefreadamente reveladora de uma solitude, não compreensível apenas como dado singular, e sim como choque –

Jogo-de-luz sobre uma inevitável confissão em tudo que passo a instrumentalizar na noite, cada vez mais nova e próxima de sua reiteração em impossível núcleo, noite.

A frase sonora não chegou, no entanto, a se constituir no avassalamento, no atrito – contidos no termo "hit". Principalmente, quando atento para o sentido desprendido pela conversa/charada do mago-músico com quem cruzei em Lisboa e me passou a chave colhida no ar de um minuto para o outro: há que percutir como fundo/fim de toda conversa aleatória e seu intervalo. Entre a circulação de uma palavra até seu silêncio.

Como se eu tivesse essa espécie de incumbência – de, ao menos, pensar o encargo trazido pela palavra, por toda palavra, aliás, e principalmente essa, incumbência, juntamente com seu portador – Porque cruzei com a sensação contagiante de ter composto uma canção lançada ao ritmo do mundo. Quando fiz e pude ouvir a reprodução de "Beijing" em certos espaços de veiculação (escritos e musicais). Obtive, então, uma forma de marco para desbravar entre os dispositivos tecnológicos os "repentes" de voz e texto presentificados em minhas apresentações.

No entanto, a melodia se dissolveu de uma pista a outra de dança.

Num instante, percebido de modo súbito, só podia reter do "efeito-assovio" minha mão apontada para o descompasso da voz no insulamento da noite –

Meus dedos se movem e confrontam apenas o gesto de agilidade de um profissional dos clubes em meio a instrumentos, num recorte do traço vital, em suspenso: minha pequena história volta a pulsar – mão, dor e assovio retornado a um pedaço de nome e a sombra DJ.

A sensação de cume, crista (certa vez, um hino, extraído da política de uma pátria para o alarido cego das festas noturnas) não se repetiu.

"Et moi et moi".... –

O antigo hit *reiterado ao infinito por Jacques Dutronc acaba por eclodir. Cria contraponto, naquele mesmo momento da história humana, com Jorge Mautner, no seu obscuro, porém hoje decisivo compacto-simples de estreia: "Radioatividade/ Não, não, não".*

1966 – Dutronc e Mautner tangenciam atomicidade na canção radiofônica – singles de 2 lados – O hit-parade *desponta na domesticidade pós--guerra como metáfora de explosão e nascimento* babyboomer. *Sob impérios em teste balístico/ logístico – "Cinquante millions de vietnamiens/ Et moi, et moi, et moi*

(...)

J'y pense et puis j'oublie
C'est la vie, c'est la vie
Cinq cent millards de petits martiens
Et moi, et moi, et moi

Salve-se quem puder a vida – Dutronc feito ator godardiano décadas depois de todas as revoluções na linha reta da história

Pelo fio do canto precoce de Mautner, "Vem a nova guerra (...) Por isso você não dorme, tem insônia, tem horror (...) Até amanhã quem sabe a minha voz se acabe quando na cidade chegar a radioatividade" (As raves, *estiradas sem fim no instante-*dub double atomic sound, *noite afora feito face externa do elo planetário globalizado/ código mundial megaurbano/ em qualquer plano periferia campo zona z/ se iniciam desde então).*

Hits *em espaços mais oclusivos do que descerrados em alguma parada,* score *mercadológico, que sejam: tal como surgem, a meu ver (e ao meu ouvido), "Mirante" (de Arrigo e Carlos Rennó); "Zé Pelintra" (de Itamar Assunção ao lado de Waly); o* loop de *Otto, em "Bob" (a descortinar um novo mar, igual Caymmi, em "Peguei um Ita no Norte", de pura saudade a praia mais ressurgente, nunca igual e devolvida ao não, não, não do novo e do som que em tudo esparge).*

– No âmbito DJ, noto, quando Shadow afirma a respeito da pergunta que ele faz para si acerca da razão produzida por certas canções: "um poder mágico ao qual todo mundo se vincula.

Quatro amigos estão em um carro, de bom humor conversam, brincam, com o rádio ligado. E, de súbito, algumas músicas podem mudar o ambiente instantaneamente e o humor de todos ou talvez ao menos de 3 deles. E me pergunto porque essa canção faz que todo mundo pare por um momento e a escute, inclusive se sentindo desconfortável de falar por cima, porque há algo emotivo nessa canção" ou que reclama a atenção sem salvamento"

(Shadow DJ).

Tenho o desafio de ocupar sempre esse lugar de ouvinte, e, no mesmo gesto, de projecionista dessa irrupção. Vai-volta –

Existir pela escuta a contar do som que desenha o espaço e o tempo: para de novo desaparecer. Até ficar em vibração da surpresa: uma data (impressa à toda música) a ser desfeita e reanunciada.

Por força, pelo fator de uma simples frase melódica a pontilhar presenças, passagens de gente e seu vazio.

Principalmente, quando lidamos, todos nós neste livro de entrevista, com o elemento da repetição. Tudo o que perpassa o toque apropriador, presente na reincidência do beat*, ao ritmo de cada ouvinte-dançante (e do executante, por detrás de tudo).*

Música? Que? Quer dizer: para onde está indo.

Transferir a velocidade *skater* para o diadia – Transpô-lo (um dia após o outro) com os meus "próprios pés" (um dito ou ditado que seja), por fora de qualquer outra base. Senão a crueza ou o devaneio do dia em desvio. Através do decurso vagaroso (não mais surrupiado pelo salto *sk* prancha estreita) nos espaços e seus tempos.

Quando vejo, estou diante do prédio onde penso ser a moradia do DJ Dario (seu nome na encolha, a partir das informações que obtive naquela noite de festa interdita, para mim criança ainda, no Terraço).

Foi Nato mesmo quem falou – "agora o pessoal está indo para uma comemoração com fotos no mesmo edifício em que Carlucha reside e, também, Vazante". Justo no ponto da "balada" armada para um álbum ao longo da madrugada.

O amigo de meu pai tinha o compromisso de me fazer dormir (e devo dizer que precisamente, depois de nossa saída do Café Redemunho, experimentei ter insônia pela primeira vez uma noite na vida). Talvez para contrabalançar a festa no alto desse imóvel altíssimo. Dei de desenhar as coisas vistas na Aclimação, algumas palavras em movimento, no correr da palestra do tal filósofo do Café. Pensei em exibir tudo aquilo no Álbum que movia o projeto de vida da fotógrafa Carlucha Camargo. É ela ali? Já faz tempo, mas dá para reconhecê-la.

É ela, sim. Parece que está fazendo mudança. Com certeza, pois segura firme na gaiola de periquitos para passá-la às mãos do motorista de uma transportadora. Escondo-me atrás de uma árvore. De todo modo, ela não me identificaria. Fiquei alto, já tenho um começo de barba, e uso (como Dario/Vazante) capuz, óculos enormes escuros e a fiação inseparável de um discoplayer.

Caso Nato Rolim estivesse ainda em São Paulo, eu saberia "na lata" o que está acontecendo. Ele só quer se estabelecer em Santa Monica, Los Angeles, no papel de colaborador do "cinema rico" com suas nuances de luz Picabia/Vertov. Nunca mais Zé do Caixão redivivo (como ele podia planejar nas noites em que me contava tudo o que ia acontecer, feito um sonho antes do sono que nos leva tantas vezes a dormir sem nenhuma moral à vista, a menor figura de aventura ou mesmo repouso)? Universo Studio/Sol da California tudo imanta tantataliza. "Farei Expressionismo extraído de cada avenida noturna paulistana em congestionamento".

Surpreende muito a retirada de Carlucha do Prédio Patrimônio-Panorama. Pelo que pude saber, seu apartamento estava conexo ao Terraço, vinculado, por sua vez, ao Projeto Álbum Cidade. Para onde terá ido o encadeado de eventos, ao qual o Ciclo Café Filosofia se ajustava? Saul? (Este era o nome do grande entusiasta dos "aprontos" na madrugada de um certo tempo).

Logo vejo em um site de legendas:

Saul agora se dedica a publicar um álbum autônomo daquele prospectado por Carlucha Camargo. Será centrado em depoimentos colhidos dos clientes noite a noite. Invés da Filosofia e do Painel-Cidade, realizam-se, no Café, rodízios de registros vocais ou escritos deixados *in loco* –

Sigo a linha da leitura disposta em um ítem infindável de Programas –

Tanto se revela um modo de perpetuar a freguesia quanto de erguê-la em um livro futuro gerado nas madrugadas por ora esvaziadas de exposições filosóficas e *tours* de fotografias. "Devanear não fica sem seu complemento testemunhado".

(*Site-Senha* de um lado ao outro da tela)

Os próprios frequentadores se miram no instante que vivenciam e deixam vazar pelos dias nascidos no interior do Redemunho.

"Devanear –

O que se "joga fora" (como se diz de uma verdadeira conversa), o Café recolhe, surpreendendo a própria história de cada um nas noites de dias vividos, depois pensados, por "você mesmo".

Café-Cliente, chama-se o Álbum.

(*A afluência não cessa. Ninguém parece querer sair "dali"*)

Eu pergunto, dando voltas atrás da árvore grossa, estriada por retalhos de musgo. Para onde foi o DJ?

Logo logo estou em casa para restaurar os vestígios da festa (há cinco anos quase). Chamo toda essa operação de "Ranhuras" (dos 13 aos 14 da minha vida já entrelaçada com pessoas próximas ou não, como bem agora presencio estatelado na tela o *Site em Construção – Álbum-Terraço-Cidade*).

Os registros da festa (não permitida para pequenas criaturas) vão se somando a um relato mais e mais rareado de elementos. Dá pra ver que cabem aqui materiais como processos, pedidos de assinaturas, manifestos (por obra da ação e da coleta/colheita do que há de mais esparso até o desaparecimento dos dados mais pontuais,

Com o timbre da empreendedora Carlucha Camargo).

Corro para sondar os nomes e suas respectivas pessoas desde aquela hora de celebração. Detenho-me sobre cada um (a partir das fotografias reproduzidas para os domínios do *site*). Um a um, os convidados passam por um rastreamento (como que recém-saídos de uma inervação em foto e festa).

Erico Feital reaparece na função de "âncora" do Jornal-Diorama *Pensar: Notícias da Época* (TV Fechada).

Todas as noites, ele faz sua emissão como debatedor dos temas surgidos ao longo de um dia após o outro. Trata-se de mais uma atividade integrante da produtora Fraser (sobrenome de Lisandra, a empresária) Feital de eventos.

O interessante é que o casal e, também empresa, *Fraser Feital* não apenas detém como vem expandindo a patente *Café Noturno* (favorável à filosofia e a outros escaninhos de Pensamento, Política e Promoção Cultural, na passagem sempre de um a outro dia "de um mesmo tempo"). Muito curiosamente, vê-se que os 2 – Fraser e Feital – saem sempre juntos nas imagens documentadas desde a difusão mais larga de suas maratonas epistêmicas (sejam nos módulos breves televisivos sejam nas aglomerações ao vivo). "Não há empreendimento sem lastro da teoria reportável a uma ação efetiva no mundo nesse exato momento", Lisandra Fraser está, ao lado, ativa para um propagado complemento. Por obra de sua própria fala.

"Porque a Filosofia vem seguida não só de explicação, mas de uma aplicação sobre sua essência e existência. Do modo mais visível vem a atividade de pensar como empreendimento. Em face de todos os rostos expostos a uma presença em comum, mesmo à distância". A associação entre eles (dois) se faz automática, inapartavelmente.

Leio os *tags* do expositor filosófico, na batida do olhar fixado sobre o onipresente ator que se tornou Germano Gioia, dedicado exclusivamente aos "clássicos nacionais". Deu fim à era *stand-up*.

"Retira filigranas da arte dos comediantes na encenação de peças esquecidas como "A receita do sucesso", de Mauro Rasi ou mesmo o burlesco de Artur Azevedo. Seu teatro, situado na Avenida Roosevelt, é uma espécie de arquivo atuante da história da dramaturgia de um país".

O texto se registra abaixo de sua mais recente fotografia, disponível num primeiro clique internáutico.

Mãos em concha torneiam um prêmio laminado, escultura concedida aos Melhores do Ano. Recebe o troféu, sem ostentar nenhum sorriso. Imponentemente erguido, homem-escultura-homem, não consegue se mover ante a renovada rajada de aplausos ritmados por uma audiência autoconclamadora à medida que não cessa a salva de palmas, embalada pela mesma posição de seu alvo (ator): de pé.

(Não paro de assistir ao vídeo de sua premiação)

Na real, o público de Germano G. não cessa de congraçar sua "virada" em "ator sério".

Ele faz um esgar hilário característico no gesto de tocar o volume, o peso do prêmio em suas mãos, em meio à saudação estrondosa, e então mais aumenta o impacto massivo da ovação. Não parar a cadência dos aplausos faz parte do infindável espetáculo *stand-up* do qual G. Gioia jamais se retira. Retém a plateia, interativamente, na mesma cena, numa só posição.

Quem é Grelo? Gilmara Sampaio (seu nome integra o *Sítio em Construção Carlucha Camargo*). Consta um registro. Será mesmo uma das frequentadoras da festa? Nada a define por escrito. Apenas seu nome se deixa ler em franca exposição.

Uma única foto estampa Centro Piqueri por sobre a faixa do *show Repente/Música/Plataforma Periferia".* A mulher fecha os olhos para os *spots* do jornal enquanto suas mãos algemadas tomam o foco central da matéria disponível no Mundo Web.

O efeito de luz estourada, fosforescente, torna invisíveis as algemas de Gilmara (Grelo).

"Bicicleta do executivo esmagado na Marginal/Poeta Plinio Poeta não quer ser editado em livro"

Tudo o que passa pelos olhos sou bem eu, também, mais uma vez, além. – Até cair sobre o tablado, um sono atrasado conduzido à tapeçaria do universo visível/arquivado e ainda não de todo visto

Sobre o abstruso contínuo DIA DOWNLOAD

"Cinco bombas atômicas em cima do meu cérebro
Quando eu era pequeno/Saudades eletrônicas
E mais cinco bombas atômicas/De manhã muito cedo
Da janela do quarto/Eu vejo você, meu grande desejo,
Que eu quero engolir/Nesse próximo beijo"

O canto de Mautner se pluga do modo mais aderente à nervura de fios trançados em minha cabeça. A letra da música não passa dessa emissão muito breve em 5 linhas. Instala o instantâneo tal qual um *bite* rotativo. Já é muito tarde da noite. Papai está fora. São Paulo, tem vezes, só acontece de fora.

Tenho um alto, agudo tesão por tudo que me cerca – do microscópico às mais ocultas gravitações – e se efetiva em pessoas (subitamente, até pela simples transmissão de um nome). Livros de meu pai. Eis. Eu. O nome DARIO retorna e, também, o homem que ele – por trás de um dispositivo de timbres a ritmar algo bem vivo – é, imediatamente atuante sobre um corpo que se solta e ganha seu cimo. Preparo-me para outra nova rodada.

Estou calçado com meu tênis apropriado para caminhadas – dotado de *amortecimento de impactos e flexibilidade* – consta do prospecto aderido ao invólucro, que reluto em jogar no lixo do meu quarto, passando a compor o conjunto de papéis em reunião, surgidos da rua. Ou irrompidos daqui, também, onde não paro de atuar.

8

DEVANEIO
DEAMBULAÇÃO
SEIXO

Um hit *– ao contrário do que se pensa não cessa de ser ouvido. Reaviva o instante como infindo ressurgimento.*

Não passa disso – em honra ao mínimo, ao minuto (e seus arredores, rotações afora).

Pego a Praça do Rossio, mobilizado pela versão atual do desígnio – criar um hit *como horizonte de quem compõe música ou se faz vivo. Alinho-me à chave-charada de plenitude e esvaziamento.*

Tudo o que o mágico-de-rua me reservou como comunicado irrepetível e trato de ressituar. À sua procura. Ponho-me ao encalço daquele jovem homem, não apenas do que foi dito. Pois a profecia só se cumpre quando ele pode emiti-la de corpo presente. É preciso, de novo, escutá-lo enquanto faz rolar seus dados sobre o estrado de feltro. (Em complemento aos elementos sinalizados pelas linhas de minha mão).

A canção que toca agora é de Courtney Barnett, "Avant Gardener" – Ajusto os fones à medida da informação sucinta sobre a cantante australiana colhida a esmo na Rede: quase adolescente e hit-maker.

2015, ano do tempo feito um brinquedo com a posição de front *sonhada por todo artista, por qualquer pessoa inquieta em não se paralisar na fun-*

ção que seja. Através da figura tão datada quanto inesgotável de "inventor". AVANT GARDENER. (O jardineiro de resíduos lançados mais à frente). Está embutida na lógica dianteira (ou na lógica como algo dianteiro) a outra natureza em multiuso do que surge não apenas enquanto feito inédito, mas acaba de passar.

Ao mesmo tempo, a busca do inusitado ocorre pela via minorizada, do que já está-aí para ser colhido no lixo-do-dia, revolvido, revelado, como o elemento micro insubstituível por onde alguém, "você", se esvai. Logo esplende uma novidade entre "folhas mortas", bilhetes com suas invioláveis assinaturas, refugo brabo, puro memorial em escorrimento.

I pull the sheets back
It's 40 degrees
And i feel like I'm dying.
Life's getting hard in here
So i do some gardening
Anything to take my mind away from where it's supposed to be.

O certo é dizer que aquele que dá, um dia na vida, uma entrevista, não pára de respondê-la. Para fora da pauta, que se diga. Mesmo sendo depoimento passado, já firmado, por mais que as horas transcorram e os lugares queiram apagar a paisagem por trás.

Interessa o adendo, automático texto no átimo da voz pronta para a mais urgente réplica.

Eu levo as folhas para trás
Faz 40 graus
E sinto que estou morrendo.

A vida é difícil aqui
Então, eu faço jardinagem
Qualquer coisa para guiar a minha mente bem longe
De onde parece estar.

Principalmente nessa hora em que retorno ao ponto onde conheci o rapaz inglês envolvido com magia e um resto de música. Cricket (este é o nome) parece se estampar em seu parceiro de mendicância ou itinerância, grudado a ele como uma espécie de testemunha tão deambulante quanto empedernida.

Lisboa, diante do Café Gelo. 4 Graus.

Mesmo não o localizando aqui, meu impulso é o de procurar o magic--click. *Eu brinco, mas é sério. Do que mais toda pessoa precisa se resume na consulta à vidência para o dia após dia.* Não é nada au-delà, *pois.*

Destrinchar os pontos mais pequenos. Eis o lance. Onde não parece haver transe, nem trauma (apenas choque na continuidade, algo entre o físico e o insondável segundo esculpido no concreto).

Para a ala do Rossio não deixo de me encaminhar, quando sinto ter perdido o contato de vez com Lollipop (a única mulher que tive, Laureana).

Rodo por essas abas, sem chance de ver o aglomerado de funâmbulos adivinhos tocadores de harmônica. O que começa a pespontar por aqui são ofertantes de sexo ou, então, solícitos reveladores de deformações impensáveis. As cápsulas de prazer se armam concomitantes a circos de horrores. Os jornais tentam chapar a informação colhida pelo olho mais cru, ostentando variações alarmantes da crise postergada FIM EUROPA COMUM em estamparia de fontes gráficas, enquanto cartazes pregam o regresso ao elo desbaratado de Socialismo e Ação-Terror.

Nada se casa com a coisa imediata a aparecer no minúsculo segundo do pensamento. Vem forte, como nunca antes, já tentada e testada em outras dimensões do antes: na verdade, estou à procura de Laureana de Fraga, a primeira DJ de que o mundo tem notícia. No feminino. Dentro dos limites onde a mulher liga a mais básica fiação, embala filho e escreve com pilô as músicas exibidas em cartolina para a festa de logo mais à noite.

Bem assim, ela foi redescoberta pelo pesquisador Jan Grinberg, no livro em que dividimos um capítulo atrás do outro. Um pouco antes. (Sempre o remoto módulo percutivo até a pancada da suspensão de qualquer liame evidente de hora e espaço).

Um pouco, sim, de Lollipop e de mim no interior do volume de entrevistas. Bem antes do livro, eu passando por Lisboa (na rapidez de uma turnê), tentei me comunicar com ela.

Tinha a deixa certa: o disco em lançamento da DJ mais desconhecida da órbita terrestre, desaparecida mesma – até haver o *resgate percuciente de Grinberg, ao saber que na cena do Porto havia de novo uma mulher com o mesmo nome já espalhado em outras Lollis talvez mais* pops *porém nunca engatadas no mesmo arsenal de coisas onde a gênese de uma realidade eletrônica na música e na cultura espocou muito cedo. Cedo demais. Eu dou testemunho.*

E, no mesmo instante, constato a mais violenta perda. Lollipop não quis sustentar uma conversa mais demorada – um reencontro, nem pensar, nunca – comigo. Já é muito tarde. (Ela mesma me disse).

Pois fiquei descarrilado com sua voz suspensa no celular. Então, curiosamente, de novo no Rossio, sou arrebanhado pelo toque de mão do ambulante visionário.

Ele parece ter me escolhido para seu pedido mendigo, tornado de modo intrigante uma consulta seminal destinada apenas em meu nome. A mim. (Sou eu que ocupo o lugar de andarilho, suplicante, consulente que seja, porque não deixo de procurá-lo. A Baixa lisboeta se torna mais que íntima nessa minha busca).

"Chamam-lhe Cricket". O amigo vagamundo, indagado por mim dias depois da consulta feita a partir das linhas de minha mão, só sabe dizer isso, num português espantosamente bem conjugado (só de ouvir a conversa de pedestres, só por morar na rua, nesse lugar mesmo).

"É ele que o senhor procura? Acredite: não demorou muito ele conseguiu dinheiro para regressar a Manchester" (Agora o mendicante dá pausa). "O senhor pode até pensar que deu sorte pra ele. O que quer agora?"

O prazer e o horror provados instantaneamente num só giro de corpo e cabeça.

Quando ofereci as mãos para a leitura, de imediato notei que foi deixada uma marca pelo despercebido acidente – entre o hotel na Polônia e o retorno à casa da infância, no Rio. Bem no meio das linhas (traçado de pele cerzido por pequenos, "gratuitos", ferimentos).

O vagamundo inglês está faminto. No gesto de se levantar para completude de sua fala, ganha fôlego para atravessar minha figura com os possíveis ganhos carregados em bolsos, documentos créditos o que for palpável a ser extraído de mim, porque estou estatelado na sua frente.

Carrego numa das mãos o cd SEIXO, de Lollipop (a primeira, antes, bem antes desse logo *feminino ganhar timbre de grife, acoplado codinome de diferentes meninas). Não sabia tão fortemente de desejo, mulher, música, muito menos de mim, quando (justo nesse momento) sua voz foi cortada do celular. "Então, a charada sobre o* hit *e o jogo-exemplo entre animais – cacatuas, por exemplo – e espaços vazios a serem preenchidos, tem a ver com minha história ao lado de Laureana/Lollipop?"*

Foi o pequeno mágico andarilho quem ganhou a parada? Ou melhor, a charada do sucesso? Por essa razão está longe daqui?

Porque me deixou a raiz da música – equação volante e sua história no exato ponto em que envolve Laureana. Agora que ela não volta mais?

– Dario, quem? Ah. Até me esqueci.

Sim, Heleno está bem. É um homem feito. Ele, às vezes, se lembra de você. Depois de anos.

Agradeço sua *vibe* para o lançamento do meu disco. O que? (Obrigado). Quero muito que você escute. Agora é tudo. (Mais uma vez, obrigado).

O tempo já virou outra coisa. Dario, até me esqueci do seu nome.

Ah, sim, é claro: eu conheço muito Vazante, o DJ.

Bem queria continuar a conversa – "Veja só, eu sei que você deu show no Magic Box, em Lisboa. Sei, também da cena forte eletrônica que há aí no Porto.

Assim que tive contato com seu cd, recorri ao site, *obtendo o telefone comercial, não podendo imaginar que você mesma iria atender meu chamado. É seu o Selo Somatico, não? Eu queria rever –"*

– É seu o Selo Somatico, não? Eu queria rever (O diálogo recai numa questão técnica, de volta ao seu apelo objetivo, informativo, sem mais prolongamento, até que o corte se apresse entre os comunicantes à distância).

O frio cada vez mais intenso, o rocio mais e mais tardio, o bulício...não da multidão, mas de toda gente contida numa língua tão irmã quanto inimiga, querendo tudo dizer não proferindo, contudo, a emergência de seus apelos. Apenas profetiza, ao lançar de um só golpe as coisas mais terríveis e ternas de todos os tempos.

Estou conversando sozinho.

O vagamundo acena.

Jogo com prognóstico. Bem sei que ele atua como malabarista, além de tocar seu clarinete com standards *de* free jazz *para alegria de todo universo turístico* low-cost.

Só que agora não há mais jam *nenhuma cena de circo. Impressiona-me que o companheiro de Cricket continue a me acenar nesse instante de suspensão por que passo, desprovido de dados sobre a continuidade do que foi dito por seu amigo (já reinstalado em Manchester) e meu cruzamento, depois de décadas, com Laurena Lollipop. Mais o vestígio deixado pelo disco realizado com sua assinatura, integrante da minha bagagem de homem e instrumentista.*

O aceno é incessante (como se o vagamundo criasse compasso nas mãos, na medida da intensificação do frio).

O frio dissolve qualquer aparência de abrigo. Desmonta o possível ancoramento nalgum polo sólido seja interno seja exterior.

Num repente, percebo uma fileira de suplicantes deformados. Um deles deixa visível seu rosto indissociável de uma máscara incapaz de se desfazer da própria face. Exibe-a, numa confirmação (e confrontação) de que não há fundo em nada do que vê e vive. Detido está pelo afloramento de sua dor carnavalizada, sem o menor disfarce da extensão de um espetáculo pelo qual todos estão celebrando mesmo que nenhuma moeda seja passada, nenhum outro rosto seja capaz de fitar por muito tempo a face do fundo irreversível já rebentado. Não existe recôndito, recolhimento do mais "íntimo" nessas paragens.

Tão logo viro minha cara para a direção contrária onde a máscara suplicante se posiciona no Largo do Rossio, é perceptível a mudança de orientação do vagamundo inglês, antes inseparável de Cricket, o adivinho. Lentamente, ele começa a assoviar, tendo os olhos grudados na silhueta que formo numa região praticamente deserta àquela hora, entregue apenas a impensados habitantes de um mundo de distância, mendicante, resumível por palavras contrárias a sono/sonho, recolhimento, nas gradações do que é treva, vazio. Por exemplo, frio.

O assovio mais intenso vindo do turista britânico perdido de pouso – dublê de mendicante e musicista – *em Lisboa parece extravazar o que seria um relato atento sobre mim: a substituição do comunicado que teria a me fazer. Porque agora, então, se deita, sem cortar o prumo do assovio.*

Passo a ouvi-lo por uma grande extensão da caminhada que faço para sair daquelas cercanias. Para longe daqui (como podia ouvir no estribilho de um disco infantil, conto-de-fadas musicado pelo compositor de marchas carnavalescas João de Barro, temores ancestrais escoam nos dias contados para a folia).

"Para longe": quando meus passos reafirmam exatamente os sinais trazidos comigo. Para muito longe, quanto mais eu estiver comigo (temeroso do assovio e, ao mesmo tempo, do som que possa existir no compacto criado por Laureana, numa espécie de recontagem da vida que tive desde meu afastamento da sua companhia).

O assovio fica ao fundo. Entre uma rua e outra até chegar à Calçada do Combro, onde me hospedo, o assovio faz função de miragem vibrada, curiosamente, por detrás, a cada momento por vir no passo-a-passo decidido tomado por minhas botas cano alto. Como a indicar, lá no ponto do Rossio, a continuação de seu sopro, som de embalar saído de um homem sozinho, dirigido a outro homem sozinho.

Talvez tenha condição de dormir se não deixar de mirar a janela descortinada para um painel de Lisboa passível de oferecer a localização de onde estive há alguns minutos. O rocio, o largo, a distância.

Até que eu perca os contornos da cidade, só podendo retraçá-los de olhos fechados, refeitos pelo sono: uma sina à maneira de um antissinal disposto para bem longe, daqui de mim mesmo.

Porque o sono é uma senha soberana, involuntariamente imposta para bem do desserviço de um "sujeito". À sua mercê, entretanto.

– Tudo que eu não disse para ela, como se, do outro lado da linha, estivesse sendo cumprido um atendimento funcional, de mera receiver *no papel conjunto de artista, empresária e telefonista.*

Laureana ateve-se, então, a me identificar, passando a ouvir minha mensagem até o ponto em que o fôlego da interpelação se expira em torno do que sei, do que digo. Daí nada se ultrapassa, pois é meu o chamado.

Há um vivo ponto de bloqueio entre nós, tendo um disco pelo meio. Agora só me cabe escutá-lo na condição anônima, intransitiva, de ouvinte (incapaz de se mover dos limites da música que toca). Seixo, de Lollipop, a primeira DJ. Melhor dizendo, escutando e lendo: Laureana de Fraga (tal como assina).

Estou conversando sozinha.

Eu tive de cortar a ligação naquele ponto. Porque algo real – não foi simplesmente retórica feminina de interrupção – se impôs, por mais que não pareça. Enquanto estava no telefone, foi possível ouvir o destrancamento e a batida da porta de casa por fora.

Heleno não está nada bem. Mais uma vez. Homem feito, não se mantém em paz, de pé.

Não consigo ver se foi para o pátio. Se já saiu para deambulações engatadas pela química que vem o destruindo, sem a qual não consegue passar, acidulado por uma imagem de jovem "produtivo". Nada se traduz em uma atividade palpável. Apenas "bicos", funções esporádicas na montagem e desmontagem de espetáculos de música (quando acontece um convite, sempre na área de eventos *clubbers,* frise-se).

Há duas noites, ele voltou sangrando de um "giro" – como ele diz – pela (assim chamada) área das águas. Não quis explicar porque em seguida se trancou no quarto maior da casa, envolvido com seu próprio restabelecimento, marcado, no entanto, por palavras lançadas violentamente contra si mesmo. Conheço por demais a sua voz

O dado de eu ter inserido sua foto quando criança na capa do disco acentuou – é o que parece – o efeito de fuga súbita pelas regiões menos frequentadas à noite (onde fica difícil depois localizá-lo). Venho estranhando sua atitude desde que *Seixo* saiu da gravadora. Durante muitas horas fica a ouvir o disco dentro do quarto, sem que tenha havido nenhum comentário da sua parte sobre a homenagem (face infantil frontal) e o som elaborado ao longo de muitos anos.

"Gostaria de rever" – Volto aos poucos à conversa recente mantida com o DJ Vazante (Dario, para mencionar novamente seu nome). Está lá seu número disposto no visor do "telemóvel" (como se diz aqui nessas paragens portuguesas sobre a máquina-de-voz caminhante).

"Gostaria de rever" (sua comunicação se encerrou como um arabesco involuntário, surgido do próprio uso da língua, fio cortado no decurso de um diálogo usual, operacionalmente discorrido). Não existiria o contato caso eu não tivesse realizado meu primeiro registro sonoro da música concebida há tanto tempo. Ou exatamente por esse motivo: Dario reaparece no ponto em que estamos implicados, na oscilação entre conversa, memória compartilhada e música (feita por mim, recepcionada por ele, uma presença entre próxima e fugidia).

Gostaria de rever a mim ou o ponto – incidente inicial, música eletrônica propagada ao longo dos anos – que ainda nos liga?

Talvez ele sinta culpa. Agora, então, se deflagraria uma confissão nesse sentido se eu deixasse que aparecesse por trás da câmara de DJ conquistada por ele? (Como que saído da sombra? De um lugar mais atrás, onde eu mesma acabei por lançá-lo, nunca acenando à sua procura? Em plena recepção afinal?)

Dá pavor toda a confirmação vinda da coincidência. É literal sempre o fato duplicado ao que presencio e passo a pensar como único? O que aconteceu não necessita sempre de um intervalo posterior, postergada etapa de tradução para longe da dobradura (o coincidente) que torna tudo focal, esbatido em razão primeira engrenada numa ameaça sempre final (?) depois de todo fim.

Justo no instante de vida em que consigo reunir meus materiais de som, enfeixados em compacto/ disco. Vem daí, talvez, tanto interesse numa revisita da parte do rapaz que se fez homem na cama conjugal dividida com o primeiro de todos os amantes, Mareu, transformado em marido até a separação por conta da chegada daquele jovem. "Mulher tomada por paixões". Mareu quis me estigmatizar, em diminuição de um modo espontâneo de ser, na tentativa de dar definição ao que eu estava vivendo com o "garoto" (entrevistador de um fanzine*, tornado a partir daí intruso de nossa residência de casados) enquanto preparava suas coisas para me deixar de vez.*

Bateu fortemente a porta da nossa casa na Quinta da Boa Vista, Rio de Janeiro (um dia de verão para tirar o raciocínio e a réplica de qualquer um diante de um a mais).

Doeu o eco da batida de um modo tão conclusivo capaz de repassar o estrondo causado pelo dobre de portão/porteira quando Heleno saiu agora daqui, numa emenda de coincidências, aparentemente lançadas ao acaso dos gestos bruscos, em diferentes locais e épocas. Do filho ao pai.

Eu estava bem, de fato, antes do telefonema? Há algo em mim bem convicto a concluir que sim, tendo o triunfo da gravação de Seixo *em meu horizonte mais recente, imediatamente disposto em tudo que me cerca: do pequeno estúdio ao pátio frondoso, desenhado pelas árvores em crescimento.*

O pátio – tomado em extensão às maquinações de música – teve sua arquitetura traçada desde a compra do terreno. Dia após dia se confirmam a alegria distribuída da madeira talhada com vidro na órbita da casa construída e, certamente, as plantações no espaço até então árido, barrado por granito, pura pedreira. Por isso mesmo avanço ao ar livre a escutar meu próprio disco.

Respirar por cima do já vivido (não apenas do que transcorre naturalmente, de um modo inédito entre mim e ar puro).

Pôr ênfase na entrada/saída (entre "mim" e pensamento). Ar puro da palavra anterior adestrada em meditação ao lado das máquinas que Laureana – chamo a mim mesma numa visível 3ª pessoa – gosta de manejar.

Desejo vê-la (Laureana de Fraga invés de Lollipop, assinatura-grife-DJ) exterior ao som do primeiro segmento de *Seixo*. Disco concebido por *streamings*. Depois da era do disco: trazer em um compacto produzido em estúdio a dinâmica musical disponibilizada pela *web*. Faixas muito breves como se não fossem executadas no interior de um cd portátil, mas no ritmo volante dos acessos informáticos.

"Cria" –

É a segunda peça depois da "Intro", que tem o título do disco. Foi composta em consonância com a foto na capa, reproduzida de Heleno quando menino. *Inserts* de falas infantis são entremeados por emissões espaçadas de palavras muito próximas dos *vocalises* de Joan La Barbara. Não sou cantora. Tomo talvez a função de leitora profissional ou dama-de-companhia a soletrar, em meio a uma torrente de efeitos pré-gravados, frases de cartilha (senão último livro de instruções).

Adoto a lentidão de quem experimenta ver pela primeira vez as coisas escondidas no exercício da caligrafia (de toda uma vida),
"Exposto p. ex ao zero do ar até ser céu de si, seixo
Seixo (uma espécie de coisa de nada, em rolamento infindo)" .

Algo de Cage, em *Aria,* ao desmontar para a fonação do humano a fábula onomatopaica de uma linguagem regida por animais ganha gradações comunicativas com a presença de crianças e adultos em concentrada convivência. Dá-se uma troca de acentos entre ressonâncias digitais e a escansão de vogais. A língua portuguesa segundo brasileiros, cabo-verdianos e portugueses convocados ao coro passa pelo crivo de uma espécie de ciranda desenfreada, perdida num tempo de reencantamento contagiante, sem volta nem fecho.

O ruído tomado como princípio vem na próxima faixa do meu disco.

Pontuei um vínculo até então inexistente com o que chamo de Comício DJ Clube. Justo o que tratam como cena, circuito, nova música ou o que seja de eletrônico cruzou o meu caminho. Desde o impulso inicial que tive, na adolescência ainda, de recortar/ montar faixas de vinis a partir da continuidade formada de um a outro dos sulcos em giro, gravitações excedidas levadas a um palco.

Nunca quis ser uma cantora. Minha atuação sempre foi vislumbrada no backstage, *por conta de uma garota quase anônima surgida do* staff *de* shows – groupie *entre os ídolos vigentes.*

De apresentação a apresentação, me surpreendi desenvolta o suficiente para chegar até o proscênio. Fui tão-somente guiada pelo empenho de mostrar tudo o que ouvi, selecionei , tornando público um mural de coisas empoleiradas juntamente com filamentos de canções impossíveis de uma escuta isolada do mundo.

O promotor da primeira festa da vida me identificou com a brincadeira do nome Lollipop. Daí o chamamento e a "figura" pegaram. Eu continha uma matriz eletrificada de dança e partilha. Junto com a mania de usar longas roupas floridas além do vício da procura pelo melhor ópio (vindo de aditivos all natural*).*

"Ela" isola sons basilares – balbucios de bebê, rumores cotidianos dos mais corriqueiros àqueles aguçados por uma localização longínqua (dados ao fundo dos dias).

Certa vez comentei meu interesse em trabalhar a imediaticidade vinda dos assovios. Tudo nasceu de um jogo com Heleno, ao observá-lo, muito menino a engatinhar, na aprendizagem do que falávamos, na imitação do que percebia em volta, nos gramados do Alto da Boa Vista.

Um projeto almejado ao léu, nascido no instante de uma simples conversa. Foi com Dario (enfim, o nome) que expus o interesse em registrar e decupar diferentes timbres provenientes do sopro (boca, ar, harmonia).

Assovio – entre o desejo de cópia modulada a partir de uma qualquer melodia e o instrumental físico humano manifestado.

Ele acabou por capturar o que chamam de minha "matriz"? E, assim, foi desenrolando mais tarde sua imagem-fetiche (Vazante) quando não dividia mais a cama herdada do meu casamento com Mareu?

Intruso. Vivendo comigo há mais de um ano, não podia deixar de vê-lo num plano misto de obscuridade e avassalamento.

O dado de criar uma camaradagem vivaz com Heleno punha mais acento na indeterminação da vida em divisa um ao lado do outro (no mesmo endereço compartilhado com Mareu). Retinia em tudo apenas a troca de homem dentro de uma mesma casa (os móveis ficaram lá em igual ordem, voltados para mim numa forma de absurda mirada).

Por conta da paixão.

Para não perder o prumo da juventude na sua reta final. Outra explicação vem (menos para o marido em debandada diante daquele "garoto", praticamente, louco por música e por mim a um só tempo). Um verão além de toda medida?

Rachamento na atmosfera do Rio – impossível ficar em casa tampouco nas praias tomadas por arrastões humanos, zonas de forte atrito social no compasso crescente das águas poluídas. Tudo tinha de vir e jorrar esporradamente num único fôlego? "Eleições diretas no Brasil Já (Para Ontem) *depois da Ditadura", vejo ainda as flâmulas dos partidos, o cantarolar das campanhas, palavras-de-ordem decompostas em um ABC impossível de converter a linha de montagem neo-liberal em evolutiva ação operária.*

Artesania.

Ante a alta voltagem mercadológica, voragem nacional em todos os setores e seres – acentuadamente desde os últimos anos 1980. Da música ao mais simples devaneio, passando pelo trabalho imaterial e, também, por impensado trânsito de um lugar a outro (entre máquinas e multidões). Digo de mim a mim feito um amuleto, um selo. Mote crescente. Morte ambulante. Artesania.

Dario agora é um DJ. (Considerada uma disc jockey *desde sempre, nunca ostentei o uso repaginado de tal sigla. Em nenhum momento, em depoimentos e testemunhos, Vazante faz alusão a mim. Pelo menos, não há nada escrito).*

Quero dizer, não faz alusão à nossa vida? Uma vez que Heleno teve em Dario um guia em momentos de fruição da infância. Por obra dos relatos e das cantigas ao longo de horas da noite antes do sono. Talvez o amante ardente quisesse se mostrar eficaz como pai através da formação de uma figura – tão reincidente quanto invisível no fornecimento de uma fonte preciosa de alumbramento e aventura, mediada particularmente por sua voz.

Não à toa, meu filho, do alto de seus 30 anos, não se esquece dos relatos noturnos acompanhados de melodias quando vez e outra o nome de Vazante, não o de Dario, aparece em algum domínio público, distante, tão longemente endereçado. Tal como um trecho de sonho, fragmento dos primeiros anos legendados por uma passagem rememorável confundida, talvez, com música.

Detonação da célula (Cultura Natura) formada por mim e Mareu. Algo entendido como inviolável, criado pelo casal ao lado de Heleno, se dissolveu. Tornou-se gradativamente explicável o desaparecimento do dono dessa casa original onde abriguei o garoto alto, apaixonante barbicha loura a completar o rosto pasmado de olhos verdes-musgo, "mulher tomada pelas paixões". Assim como, a cada dia, o emprego de Dario como produtor de "Memória Sonora do Brasil" na Rádio MEC acaba por se mostrar insuficiente para manter uma família.

Meu novo homem acaba, então, por sair da casa, a mesma abandonada por Mareu. Assim que ele me deixa, passa a atuar (justamente) numa atividade assimilada de mim – expropriada (não tenho medo de dizer). DJ.

Há um mercado nascente de música, à noite*, pelo qual o rapaz acaba por incursionar com chance de maior ganho. Nossa pequena família – Heleno no meio de nós – é desfeita. Porém, ao sair, Dario não bate a porta da casa com força. Parece ter tomado um caminho-de-rato.*

O imóvel deve ser vendido. Assim divido o que é justo com Mareu. Mesmo com sua recusa de contato. Em revolta, passou a viver com a mulher ao lado de quem formará nos anos a seguir um núcleo sólido composto por filhos não-biológicos. Compro algo menor, já que não tenho a renda dele, não precisando mais de uma casa tão grande no Alto da Boa Vista (sem meio seguro de subsistência). Só voltaria a ter uma larga moradia após firmar minha sobrevivência como pedagoga – didática da música –, recebendo convite para estudos na Península, formação em Valladolid (terra de meus pais), até me fixar na região do Porto (PT), aqui contemplada com um lote amplo para ser arado. Aparto-me do convívio conjugal (Vila Nova de Gaia).

Colocar tudo à venda, na transformação da partilha, no mesmo giro do raciocínio que leva a perceber o elo estabelecido entre a criança do lugar e as muitas horas da noite na companhia do homem a narrar histórias embaladas com cantigas nascidas no ato/relato. Por graça do papel substituto (inédito, não-natural) de pai ocupado por Dario.

(Eis o que parece dar corpo aos seus contos de fim do dia). Esse é o mobilizante motivo presente no jogo despenhado pela voz em imitação das pequenas coisas, animais no ar, em rastro pela terra, criaturas legendárias imaginadas logo surgidas para a escuta de uma única criança.

Sem me deslocar do lugar de pouso encontrado debaixo da copa da maior árvore plantada em nosso pátio, vejo que já é outro dia no instante de atender ao sinal do "telemóvel".

DENTRO DA NOITE AINDA, despercebida passagem recortada por
galhos, asas de galos-índios estonteantemente cercados de flores
hipercoloridas faiscantes, artificiais quase
Desligo momentaneamente o aparelho de escuta (disco streaming SEIXO) –

Antes de ler a mensagem escrita deixada por Heleno, aguardo a linha sequente do que penso sobre Dario.

Estou bem. Em viagem.

Estou no aguardo dos dois. No movimento de consulta ao telefone, é o que repica, em nota excedente.

O texto do filho volta a ser concatenado na respiração conjunta de uma conversa absurdamente anterior, empreendida no silêncio, com os vestígios da fala atravessada até agora, em reaparição, sem dar nenhum intervalo da época em que o diálogo se dava ao vivo. O contato suspenso, no cume da comunicação de Dario, não se dissocia da desaparição de Heleno.

Na madrugada do pátio, o tempo esfria. Mas não quero ficar sem compreender a continuidade do que parecia podado, referido a uma específica fração de época. O contorno abstrato de um molde aderido à ideia de tempo como distância explode, então.

Por um lado, dá calma saber que não haverá por enquanto surpresa acerca da partida de Heleno. Ainda que eu verifique a ausência da maior parte de suas roupas quando abro o armário, dando falta em seguida de uma das malas. O que mais me faz tremer é o modo como se abisma na bebida. Não só, pois há disputas sangrentas, vindas de diferentes formas de jogo, contra homens encontrados pela noite, algumas vezes celebradas em gozos entre eles, sem maior compromisso, nem sempre cuidadoso no apagamento de rastros, dos fragmentos de paixão que espalha nessa casa. Em vez do projeto embasado no tratamento natural a que foi submetido desde cedo. Além da aura da arte, em volta, harmonia ao ar livre (sempre franqueado por mim).

"Meu filho não deu em nada. Nascido de um homeopata unicista com uma artesã de sons (ex-pedagoga, estudiosa dedicada aos métodos de educação e psicologia).

A única coisa que sei sobre ele é o gosto de estar ativo à noite. Aí, ele acontece. Um possível trabalho só pode se dar nesse turno. Algo ligado ao som faz com que desenvolva certo interesse, mesmo na retaguarda da criação. Na roda da *entourage* de artistas – pluga aparelhagem, compõe, desmonta palcos" (Preparo parte do diálogo dissolvido com Dario, desde quando? Antes do telefonema em suspenso?)

A mensagem deixada dá certo sossego. Embora seja dúbio o breve comunicado de Heleno. O que ele escreveu, em texto telefônico, talvez seja passível de aludir à empreitada relativa a algum *show* (na companhia de alguma banda, sendo ele integrado ao grupo na função de montagem/desmontagem de equipamentos) ou a uma incursão indeterminada.

"Estou bem". Em viagem de repentino. Pode ser a partida tantas vezes proferida como plano que se faz abrupto primeiramente pela palavra. "Quero muito deixar tudo aqui. De vez". (Álcool no hálito, sangue latejante da cabeça até a boca). Tanto que, no momento de sua concreta ocorrência, retorna à condição de palavra de onde se originou e quer se instalar.

E daí não se retira. Por mais breve que seja o contato inscrito no visor teleportátil, descartável. Palavra insidiosa, irrompida de um instante para outro. Sem que deixe nenhum traço a mais, ponta irreversivelmente talhada em sua pulsação parcelar.

Percebo simultaneamente o rompimento com o filho e o lastro de onde tudo parece se mover (por meio de um sinal extemporâneo, logo partido). Justo o que assinala o lugar de pai e parceiro ocupado há muito tempo atrás por Dario volta a ser acionado, numa marcação timbrada pela *procedência* e, paralelamente, com todos os toques de *ausência.*

Na condição de solitária, ocupo instantaneamente um lugar de mãe, mulher, assim como referencial de música, matriz de um chamado (tão depurador quanto imediato de criação).

Não saio do limiar – da porta ao pátio, para onde me encaminhei no encalço de meu filho. Sem que eu me mova a partir daqui. Depois da mensagem de Heleno, à espera do toque da continuação da conversa com D. Ao redor das folhas estreladas de algumas poucas árvores e as estrelas possíveis de olhar (na crueza do céu). De fora.

A contar de agora, também, se data o aprendizado de solitária? Súmula crescente dos poucos anos restantes? Sempre assim, num repente, dou de me oferecer. A espontaneidade caracterizada como algo tão meu – no início de tudo –, foi diminuída por Mareu, quando dispus a franquear o ingresso de Dario ao universo feminino (o que se faz por conta de uma manifestação direta, avessa aos adornos da sedução aculturada das mulheres). Ele era virgem (nesse sentido-mulher de partilha, nunca confessei isso para ninguém).

Beijos colhidos de cara na boca, saias e pernas entreabertas, tal como sucedeu com Aníbal, o dançarino de *witch house,* Nieta e seu irmão Natxo (cópulas de casa em casa, na cidade de Valladolid), as relações mais duradouras depois que abriguei o DJ Vazante. Tudo foi extraído de Laureana a vida toda sob influxo do ícone Lollipop? O emblema que no dia de hoje se adere à imagem legada por Dario/Vazante?

Um copista pirata da música e da mulher que sou? "Não paro de pensar assim acima de tudo, de todas as pessoas que virão para mim ainda um dia uma noite".

(Por ter se apropriado de mim, ele passa a ser estranhamente minha matriz para o recolhimento e quem sabe o desatino de deixar vir um novo outro sobre o falsário o músico da noite no fundo de tudo, o tempo todo).

Atravessar o frio. Pode ser apreendido nesse momento o impulso de atribuir pontos de proveniência – mito materno mulher da música –, quanto mais me vejo solitária.

Se Tu não voltares estes poemas hão-de-tor-
nar-se trágicos. O texto vai revelar a cicatriz...

Os versos extraídos de "Anjos polissilábicos" (Fiama Hasse, grande e bela portuguesa) ganham um outro sentido, recaídos sobre a DJ tardia que agora sou (duplicada em escuta *postproduction*).

O disco tende a soar no fio da noite um contraplano sobre o traçado há anos. Quanto mais a madrugada esfria, um tom de testemunho ganha o relevo sobre qualquer paisagem local ou remissiva: uma época se assinala pela relação e ruptura de vida/música.

Tendo a figura de *Vazante* como suma, *Seixo* se concentra nessa franja onde a reescuta de meu próprio disco toma um outro pulso. Uma vez que ganha o espaço aberto por impensadas células de composição (no frio, a vida se decide a continuar ou não, numa variação que a entrega à simples atmosfera tenta se resolver sem mais volta sobre a vontade de alguém).

BAIRRO OU GALÁXIA?

Intensa atração longínqua/ que nos guiava desde o princípio

Torna-se urgente direcionar para alguma dimensão – de nome ou numinosa instância vagante que seja – a conversação em torno do estado de agora. *Em viagem*, também, me encontro.

Como se a condição de aterramento – frondosos galhos/galos-índios, as cravinas que deram há pouco de mostrar suas camadas mais finas – nada garantisse a respeito de um porto de lançamento no mundo, um fundamento possível. Pátio bem plantado. Ao giro autônomo de um disco.

Digo-me no alto cortante frio que não há distinção entre ser vivo e qualquer espectro, passado-prospecto, agora reunido. A cada borbulha do fungo musgo lodo verde, ao desígnio/trajeto de uma rã noturna (um vulto ágil de alto a baixo, me assusto de um momento para outro).

Rotações de uma DJ Solitária

"Não estou advogando em causa própria". Quando falo e canto, deixo de constituir firma, empresa. Um humano a mais e seu assovio na ponta da língua, ao infinito de um fio eletronicamente plugado. Um chamado ser humano ou seja mulher.

Dizer sempre, aplicação automática, em qualquer ocasião:

Estou bem. Em viagem.

Trazer as palavras próximas, porém pertencentes a outros sempre, para nossa própria experiência. Excomungo da essência: fazer cópia (artesanato em dobras as mais diversas) do que circunda em nossa órbita inseparável de percurso e paralelismo.

Adotar prisma impessoal sempre. Quando mais íntimo (último instante) – Estou bem. Em viagem.

Atravessada pelo frio, é por Dario que me encontro à espera.

À volta do chamado (sua voz). Não sou eu quem deve retornar a ele em resposta ao toque (celular em suspense) depois de décadas. Assim, estabeleceria um diálogo corrente, não fazendo jus ao corte ocorrido. Quero saber como ele atua a partir da interrupção factual. Tudo o que me levou a cortar nosso diálogo, ansiosa pelo movimento de Heleno dentro de casa até sair (talvez de vez). Justamente o que vem da criança, nutriz e motriz de nossa união em família e, também, da separação.

Estou à volta da voz (um chamado por cima de toda interferência de linha, de um a outro tempo).

"Se ele voltar a ligar, direi sim, a tudo sim; ponho todas as fichas no jogo feito pelos sinais. Caso retome o contato do ponto interrompido, mais uma vez a partir da coincidência e do corte decorrentes de Heleno –

A criança em quem me abriguei como única referência quando o amor de verão começou a devastar tudo em volta, a casa a matriz a música até o rompimento no verão do ano seguinte – Heleno –

Polo conjugado de confluência e corte –

Quando o celular tocou o filho estava (em outro ponto do tempo, numa cidade distante, diferente) deixando a casa –

O "filho" encenado na gradação dos contos sobre a moral do fim da cada dia. Até se tornar fábula rememorada sozinha, destituída de narrador. Som da noite em chamado. Relatos nascidos sob o fio da voz do homem que narra à criança adotada o jorro da mútua, transmissiva, fantasia –

Estou dedicada ao retorno do toque telefônico do DJ Dario".

Ouvir a música. Adivinhá-la convexa, convertida ao que vem acerca de cada um e do próprio (autodecurso) do tempo.

Tome-se uma máquina de escuta atual, atuante. Seleção e surgimento em *shuffle*. Uma sucessão. Ou: o que se chamou de Parada – Desfile de coisas e seus sentidos entre nomes de homens, mulheres, antigos e crianças. Repetições ao tempo instalado do instante, não-semelhante a nada mais. Tal qual um *Hit Parade*.

Lollipop – Assim assinarei nos próximos discos. Segundos já vindos.

O filho já informou sobre a própria trilha. É por Dario que me encontro à espera. *Gostaria de rever* –

O frio faz sua própria travessia. Assisto (o, a). Noite a pino. Não volto para dentro.

9

DISCO
QUARTZO
SILÊNCIO

(1) QUARTZO

Um ponto trêmulo se avizinha. Vem. Tanto se fixa em sua ondulação localizada a certa distância quanto assinala quem o vê.

Oferece variações não necessariamente decorridas do movimento
A partir do canto entoado naturalmente por esse um iminente
Até então expositor de visão, distância, de um preciso lugar
Onde tremula e está sendo percebido
A celebrar picotadas fulgurações pequeninas
Tremidas ao surgimento de um filme repassada bitola camerística
Composta de um declamado *off* acerca da *ilha onde um lago*
Contém outra ilha formada do lago circundante de uma ilha a mais
Criada no mesmo território
Impossível de apartar o encadeado de um formato
Primeiro, potencialmente seguido por suas orlas arrebentadas
De um princípio
Unidas apenas pelo percurso incessante, inviolável (lagos
De ilhas sobre ilhas)
Fagulhas designadas por obra de terra, fulgor e matéria
Vibrátil, com o nome vago, volante, tão inviolável quanto retornado:

Quartzo[1]

Apontamentos – À margem do encarte

Depois de encaminhado
à gráfica o breve escrito
explanativo sobre cada uma
das faixas se insurge tal como
apontamento a
se direcionar para outro tipo

1 A primeira faixa do disco explicita o entrelace com o projeto de Brian Eno – reunido, p. ex., em *Music for films*. O interesse de nomear a abertura com o título "Quartz" alude ao intuito atualizador das premissas do inventor da *ambient-music*. O trajeto feito pela cena DJ atende a esse fio programador de espacialidade, introjeções de células eletrônicas e a noção de presença/audiência em certo momento da história (da história da música, diga-se, em incisiva interferência).

de material. Por ordem de
uma política diagramadora
de compact-discs, reserva-se
a um universo posterior,
paralelo ao produto final, o
que não se insere em domí-
nios sonoros. Por essa razão
mesma, parece ficar aguçada
cada uma das composições

depois de registro e nota.
Findo o disco

QUARTZO quer pulsar, também, além do lab B. Eno, a Escala Fractal Island (presente, por exemplo, em Luzon, Filipinas)
– Lago propulsor de ilhas em cujo interior um lago se desdobra e descerra nova ilha – big-bang & bonsai
– Justo o que se dá em rastro – quebradiço minério, quartzo – ascende
Ao universo do olhar sob andamento de propagação e distanciamento –
Pelo diminuto cumulativo em ondas (só possíveis ao som
difundir e disparar)
– A terra cada vez mais sendo vista no real de um átomo –
Não mais mediatizada por vastos pactos de completude do planeta tal
Como não se tratasse mais de massa homogênea, hegemônica
– Nem mesmo compacto globo (sem fronteiras)
Ovóide osmo genético –

A terra ao alcance da mão

LAUREANA/DARIO

LOLLIPOP /DJ/ VAZANTE

L/ELE –
O título do disco quer dizer: não-ouvir o cd Seixo, de Laureana de Fraga para melhor ressoá-lo faixa a faixa.

Rendo tributo no momento em que assino a autoria. A começar da homenagem à letra de seu nome, duplicado no chamado de sua primeira figura (Lollipop). Lá, quando, surgi como músico, concebido sob a forma de DJ.

(A letra L se repete depois da barra / e conta de mim como se soletrasse o fonema, à luz de um primeiro cd, tanto dela quanto meu).

Ele/l – Aprendo a ler. Depois gravo tudo (da palavra ao som). Início de um homem.

(2) MENINA MAORI

Pequenina voz feminina se dilui em um cantarolado infantil logo disposto em coro.

Sobre a entoação da menina tornada um coletivo vocal assoma trilha caótica – sons captados da balsa que conduz a Takapuna (Nova Zelândia). Um recitativo do DJ Vazante vem se acoplar (leitura, no mais alto volume, de sua agenda em 2015). Termos em maori fazem uma espécie de grafismo instrumental sobre o arrolamento das atividades exibidas pelo anotador/regente da peça. O pequeno vocal da menina retorna. A palo seco (destituída de acompanhamento coral).

Passa a destacar trechos da agenda (numa sobreposição dita em português, gradativamente substituida por outra criança leitora). Na língua dos nativos – numa recolha realizada no correr do trajeto de Auckland até a Ilha de Takapuna –, a menina-título expõe brevemente (ao modo de um dado retido pela agenda do DJ) sua passagem "Naquele instante de balsa a favor do vento recontado muito além do texto turístico sobre os primeiros habitantes, porque ela (enquanto menina, primícia) está presente para lá de encantado efeito e retira dos cabelos uma flor muito colorida devolvida às águas para onde começa a ir e a conhecer"[2].

/O canto é o impulso de troca com o instantâneo: foca um homem de diferente etnia, embarcado ali, homem de outro lugar e tempo//a menina se lança, então, à aventura (atração impossível por sujeito de fora, desenquadrada da idade da paixão e dos limites físicos para um enlace entre dois) ao embalo da balsa//tal qual a flor desconhecida vai para as águas, justo o que provém do corpo e da imagem-menina a relatar um entrecho do povo maori para os turistas, a flor escapa de seus cabelos ao vento/logo faz ondulação por cima do que acaba de ser dito, vinco na superfície, um ponto improvável da voz "somos aborígenes, vindos dos cruzamentos oceânicos"

2 Não sei me reportar à origem (tal qual a maori, menina). Tenho que recontar o que sei – de corpo presente, inventar de um mínimo traço a voltagem mais alta, onda e quebrado aparte, elemento à tona. Água e ar. Porção de terra talhada nas linhas da mão. Fogo, em camadas, entre tribos dispersas. (Descarto qualquer tratamento world music nesta face/faixa).

Margeado –

Se eu tivesse conhecido antes a menina maori seria com ela o fim do clip concebido durante a viagem neozelandesa? A ela retorno no instante de gravação de meu primeiro disco.

O olhar e o canto agora entregues para qualquer longe, lugar da paisagem descortinada. Inexiste remissão – nenhum retorno –, nem aquela de avanço e prontidão para o turismo, o ditado e a música meditativa de cada um (em reunião).

Em alusão à faixa "Cria" (integrante de *Seixo*, Portugal, 2015, selo Somatico), reverenciei, na sequência, o projeto de Laureana. Meu exercício, minha prova: dialogar com seu disco sem escutá-lo, de modo a me libertar de sua matriz – mulher, música (um início de minha provável história).

Meu intuito é dar todas as pistas da procedecência de meu trabalho com música eletrônica. Sem ouvir o cd da moça não mais chamada Lollipop, tentei imaginar um equivalente do seu título (a partir da breve menção feita, no encarte, a "Cria", composto em livre diálogo com *Aria*, ópera centrada nas vozes animais por John Cage).

A ela retorno. Do mesmo modo que, subitamente, a menina maori começa a cantar na balsa.

Seu cantarolado passa a ser o do vento. Dar voz aos elementos todos, animais e incorporais, já aponta Cage. E também sopra Caymmi: impensável mar vindo das melodias de mãe, Dona De Lurdes/Dudude, na microcozinha em Todos os Santos, mais um bairro do Rio afastado das águas.

Me traga boas notícias daquela terra toda manhã

E joga uma flor no colo de uma morena de Itapoã
Coqueiro de Itapoã, coqueiro

Areia

O retorno catalisador está em Laureana de Fraga. A cada momento da produção de meu disco (o primeiro, talvez de uma série, caso eu consiga estabelecer meu estúdio na metrópole paulistana), não faço mais do que seguir o ponto-cego, vazio moral, da charada – dita por um pedinte de nome Cricket, perdido para sempre de vista.

"Existir em compasso do encalço do *Hit*" –

Nada existe se não passa pelo ingresso ao polo imaterial de chegada e chamamento da música antiga ou nova percorrida da lembrança à sua próxima desaparição. Vem e não deixa de anunciar imediata partida. Morena de Itapoã

Só assim, alguém pode celebrar o já-feito. Em curso. Sob o signo singrado (deixando-se estar) tão básico quanto tardio – de uma espécie de canto. Aéreo, superposto. Menina Maori

Se eu tivesse apreendido o desenho da vida de Laureana/Lollipop sobre a minha depois da febre de fevereiro – o verão passional no qual nos enlaçamos ao embalo das primeiras eleições diretas na nossa geração. Enquanto acendem, em marcação mista de posse e delírio, a ganja liberada nas praias poluídas da orla. Talvez eu não fosse um DJ, apenas um transcritor dos sons básicos agora compactados por um objeto nomeado como Seixo, a rolar pelos ares (recriado por mim como talismã, tábua do texto do tempo que não ouso violar com a minha escuta).

Oh vento que faz cantiga nas folhas
No alto dos coqueirais

(3) FESTA

Passagem a jato – com efeito supersônico (Aeroporto Brian Eno, em regresso) – do gesto multifoliado desprendido pela flor típica maori rumo a um espaço noturno fechado.

Quando a rosa aborígene se abre, confluída com o mar retornado a Caymmi (revérbero dub), a linha explicativa seguida pela voz infantil feminina pronuncia

MAGIC CUBE –

A imersão, sublinhada por rumor marinho, se dá dessa vez no efêmero superpovoado bloco diminuto de lazer (Magic Cube Club).

CLUBE AO CUBO (a voz volta a soletrar) JOGO DOS ANOS

Refaz-se o cruzamento entre invocação primordial e entrega à vida imediata: onde as origens sempre começam a surgir indispensavelmente tocadas por seus extremos extravios – por força do canto de um lugar não contido em si, mas no ar (do tempo sempre derivado de motivo a motivo).

Na esfera irrespirável do Cubo, recria-se um abismo onde se lê espelhada a menção de seu reverso Venha conhecer o mar: lâminas de lamê incendiadas. *Glam* esvaído do globo gira. E se espafita segundo os dançantes do momento.

A balsa agora é outra – impossível descartar a experiência da noite em Alicante. Percebem-se os timbres de Tenda Tiemplo recriados dos hinos guerreiros recorrentes à memória da Península[3]. Desde o des-

3 Os dados colhidos acerca da fixação de Laureana, primeiramente, na Espanha, culminando na constituição de uma casa e de um estúdio (selo de discos), localizados em Vila Nova de Gaia, surgiram à medida que fui sendo convidado por diferentes partes da Europa. Em Alicante, a sagração de Vazante, ao ponto de expor pela primeira vez seu rosto, desencadeia elos análogos com atuações que não deixo de dissociar da deriva traçada a partir de uma vida desfeita da companhia dela (L). O disco – ele e eu inclusos, num nó cego – faz nessa terceira faixa um rodopio cerrado, alusivo ao que posso nomear como história de meu corpo. Sou de muitos. Estilhaça-se a noção de sexo que ainda possuo. Por ter muitas variações de parceiros e modos de encaixe, sem perda da pulsante praia mediterrânea, exijo a definição de um estilo, no andamento de minha popularidade como DJ. Tudo o que

monte de suas civilizações ancestrais ao mais lento processo dos ditames fascis sobre a terra, esbarrados hoje com a bolsa-de-valores do estado comum econômico europeu.

Réstias de épica são recolhidas nos domínios aleatórios, agrupados em festas-cubículos. Entre brados militantes políticos vindos de extemporâneos *revivals* e a realidade turística low cost deambulante em jovens e velhos (na gama mais mesclada das idades); tal como aqui se agrega, em duas casas de mesmo nome, em Lisboa e Lavapies (Madri). Inside the Club.

Encarte à parte –

$$M_3(n) = \frac{n(n^3+1)}{2}.$$

vem assinalado pelo recital de voz sobre alguma espécie de escrita. Alguém determinado em trazer ao foco da noite suas anotações em emergência. Ofereço à leitura algumas delas acerca de um contorno qualquer (homo) erótico ou *home couple in digression* (nome que seja). Justo, e no bruto, meu rosto grande refletido no verde-musgo de um olho esbugalhado spotlight. Publicidade, superexposição de um transcurso tramado com significados irrefreáveis. Surgem inopinadamente, fora de meu controle. Existem de acordo com o que eu penso ser à sombra da promoção de festas, no interior de uma cápsula maquinal, montadora de frequências sonoras. Dentro de uma campânula ou cubo refratário em sua forma móvel. Quanto mais se reveste de todos os seus dados lançados. Até testar seu giro concentrado em fórmula M...N. À mercê do que reza a sequência numérica (segundo o magic cube): 1, 2, ..., n3.

(4) OPERAÇÃO DO SOL

Dentro do Magic Cube Clube –

Tudo se dança e depois põe-se a tocar.

Independentemente de minha vontade, sou levado a executar a trilha circunstante, existente apenas em cada ato de minuto.

Certas pessoas se achegam à minha frente (desde o momento decidido de não mais apresentar sets em cabines invisíveis ao olho do público).

Porque aqui – quanto mais diminuta se mostra a metragem tem o poder de criar uma proximidade radical com meu corpo por inteiro. E, assim, alterno sugestões capazes de afetar a dança de quem me ouve pelo sentido de lançamento assim como o que envolve retorno e réplica – época de indissolúvel *revival*? Não seria assim qualquer fração/duração?

(Itens de meu debate à volta do *hit*, horizonte de premonição e provocada ressurgência).

(René) Zoé logo aparece na pista – coincidentemente no ponto em que as noites de clube se tornam manhã funcional tripudiada pelo transe (tão imperioso quanto a exigência de um projeto continuado do dia ao próximo dia, o mesmo, de vera, flagrado sempre à noite).

Vem para dizer com os olhos paralisados em meus gestos de discotecagem: está disponível para me acompanhar.

Não conseguimos avançar da sofreguidão das roupas tiradas enquanto rumamos para o banheiro (depois do término do turno indiscernível entre noite e manhã pelo meio).

Somente por uma vez a acompanhei até seu apartamento minúsculo. No entanto, em sua companhia – seja nos limites medidos do Cubo Clube, seja no quadrado atulhado de roupas e peças raras de decoração (lar de 1, saturado museu monotemático a indicar pistas alheias) –, fico estimulado pelo mecanismo de sair do palco para uma realidade frontalmente dada.

Não há maior interesse por averiguação[4] sobre ele/ela (eu mesmo ali de frente). É a vida de alguém, a primeira pessoa imponente. Nada mais vale: do tablado sob aura eletrificada à oferta do próximo rosto (ou do rosto mais próximo, sem maior averiguação).

Há meses estamos juntos – na sede espanhola do Cubo ou na versão em Alfama do mesmo clube. Não falta muito e iremos aniversariar. Zoé tem o nome René que o antecede, mas não gosta de apresentá-lo. Apenas a mim. Adoramos fazer tudo na pressa de quem nada mais tem senão o banheiro no interior do Ambiente vazio.

É a primeira vez – o sexo é sempre a primeira vez (a tentação de um início) – que busco fora da celebração grupal o encontro em uma só pessoa das possibilidades gozadas em conjunto.

4 Em contraponto à faixa "Certa cidade", poema homônimo de Fiama Hasse em recriação feita por Laureana, encontro em António Maria Lisboa (outra referência da lírica portuguesa) a fissão do geométrico e do alinhamento progressivo nas concepções de Universo, apreendido pelo poeta de "Operação do Sol" como "não-matéria". Algo passível de se traduzir como não-self. Em vez de me perguntar "o que faz continuar a cena *clubber*", devo me concentrar nos signos de uma vida que já estão aí a dançar. "Conhecer é a um tempo receber e dar, é não só saber que algo se processa de certa forma, mas provocar alteração no processo e no que se processa, de que também faz parte" (Lisboa, 1977: 176). Conhecer um tempo. Precisamente, a ação decorrente, sem nome ainda, flagrável entre o que se dá e recebe tantas vezes não passível do nome conhecimento. Em especial, quando alguém está em dança. (Só que a sonoridade eletrônica incide numa gravitação radical das forças motoras nascidas em domínios diversos capitaneados pela econômica tecnomundial). Danço cada vez mais, em um suplemento de entrega depois de encerrado meu *set* sobre o palco. Não temo em levar ao centro do corpo onde estou e partilho o ancestral nome (conhecimento).

(5) FILA

Fervilhamento das batidas *blacks* – A faixa traz o título do *zine* criado por mim e Zael. Revivência erótica inicial com um homem dispara: a partir da data imprecisa, à beira de um ano ao lado de ( ) Z. Quer dizer – quero viver – René Zoé ( ). A mesma letra amorosa sinalizada em Z.

Lá na adolescência, chamávamos nosso encontro de "amor maldito" numa roda de subúrbios até o alcance da nudez. Ou senão, a chegada da noite em ruas desertas para um simples abraço de fé ou um beijo mais longo (como se houvesse apenas aquele casal original sobre o mundo). Retirei Zael de mim, mirado que estava em Lollipop. Extração brutal como se não fosse meu desejo. Para doer mais, no abrupto ato deferido a outro (para) sempre.

Tudo volta depois (nessa fila, para dar um exemplo, tendo eu no centro da atração, em outro país, época diversa, não mais como ávido assistente do show alheio). Tudo volta depois, em encadeamento de um gozo com todos que passaram por mim: não suficientemente considerado, e a mais. Já para lá do que sinto e vivo como se tratasse do chamado mais íntimo, por todos que estão na fila (eu incluso).

Invadido pela pessoa pregressa, tornada real a cada passo, um movimento-tempo, e por alguém iminente, não de todo dado, sempre em ronda, de si mesmo muitos seres em busca. O Clube em Cubo tem agora fila fora e dentro. Ninguém entra e sai daqui facilmente.

A sedução é grande desde o começo dos *sets* até seu encerramento. Na virada do palco para o banheiro (ninho de sexo sôfrego e seguro na companhia de apenas um), dá-se um intervalo no qual descontrolo a vertigem. Sou desejado por dançarinos incontáveis, quando, então, as possibilidades de cópula se misturam. Concateno as mãos e meus gestos na mirada de alguns seios. Por vezes, na reta dos cabelos e bocas carnudas de garotas. Em cena, costumo perder não apenas a noção das horas, dos lugares onde estou tocando (se na Alfama ou em Lavapies, pois os clubes são idênticos no tamanho, no projeto) e quem eu mesmo sou. Não dá nem para pensar muito[5] (são os momentos mais intensos, inteiros de uma vida, quando não adiro DJ a ID).

5 Solto a voz – minha boca é carnuda, como a de muitas garotas postadas diante do tablado/set, disponíveis para uma saída rápida comigo após o ato emendado no festejo de mais um dia. É o que dizem pelo corpo todo – eu sei, eu sinto (sou um pouco igual a elas, mas não deixo de querê-las na mesma onda de voz e pensamento sem vazadouro algum). Escolhi para "Fila" a experiência de solar um texto circular, direto/discursivo. Temas *rhythm and blues* alucinam uma frequência em desconcerto, entre a programação eletrônica mais evidente e a sintaxe lírica contida nos arrebatos coloquiais do português Antonio Variações ("o corpo é que paga"). Exibo uma letra já feita, acrescida contudo do contato com as pessoas que vou vendo à minha frente. Por conta do desejo despertado um pouco antes do gozo em bruto vindo da "cola" com ( ) Z. *Não dá para pensar muito pois há muitos/ tudo a fazer: trabalho dobrado ao fim do expediente/ acabo de nascer para o pensamento já dado/ dado de rolar a sorte/ cassino ou cabaré onde quem vive não pára de jogar/ não passa de alguém "quem" pensa/ e já vê o próprio passamento/ sob uma ideia trocada com outro alguém/ nunca igual a si mesmo no entanto exposto/ esposo de algum minuto anunciado/ bem virado à moda do Porto e na pata dalgum touro/ sonhos d'ouro não se chama nem a própria casa/ "trate de fazer a faxina diante do lixo interminável/ em demanda, delegado ao próximo a chegar"/ há sempre uma fila para cada um/ depois vem você/ depois você "arruma" uma casa só sua/ e pode, então, ao fim de tudo?/ ganhar quem sabe/ um dado/ um beijo dado apenas em "você".*

(6) RABISCO ARADO

Há sempre uma fila para alguém –
Ninguém está suficientemente dentro –

Avant Jazz

Todos querem a mesma coisa que passa pelo DJ
(E eu, também, bem
Junto)

Apenas junto de todos para querer

(Saber o que se passa
E penso que quero
Pelo poder do pensado)

Microfonias –

Eles elas vêm. Todos. Em conjunto.
No Clube – sem sair de dentro –
Um dos poucos lugares onde dispersão,
Imaterial info, internalar,
Podem ser vistos, reunidos para além
Do agrupamento impossível, dado distante,
Faz-se compacto, concreto
Até erodir o único ponto,
O que há de pouso e continua a passar
Através da senha – DJ – tão-só –

Para ganhar posto avançado na fila
Em busca do que não é apenas música

Harmonia, sim, entre esferas
Do múltiplo ao ambulante anônimo

A jato, sintetizado em um
Átimo
Espaço pessoa por segundo

Ponta/Margem –

Quando vejo (tempo e espaço/cubo), René Zoé não retornou. Está com alguém a mais. O *plus* do sexo sem mira. Ao infinito de um provocado estado natural. Retorna como Rainha.

Eu retorno ao Brasil, não vai demorar muito. Pouco antes de findar o contrato com a Empresa Magic Cube Club & Amigos.

O nome da faixa correspondente – Laureana de Fraga em SEIXO como matriz parcial, em homenagem mais variedade – foi concebida como "Vila". A sugestão mais geral do nome (embora referente a Vila Nova de Gaia) gestou a sequência de "Rabisco Arado". Aludo a uma comemoração de Folia-de-Reis realizada em Piedade dos Gerais (MG), onde me exilei de um Ano-Novo: uma mulher miúda dava destaque à fé da estrela-guia em retorno sobre aquele povoado perdido[6].

Não deu outra imagem no momento da chegada de ( ) Z, portadora de outro nome. Rainha.

O que mais ensejo no pico do espetáculo, em iminência sempre de deparar com o limite indeterminado entre mim e a companhia do fim da noite, e faz mover o tesão sem molde, nem paradeiro, passa a dizer respeito à mutação de René Zoé. Pois se torna uma figura esquiva a qualquer contato comigo, quanto mais se mostra intrigantemente implicada em tudo que mais quero.

Acabo por evidenciar: RZ foi "para o espaço". Ele se apresenta como Rainha quando alguém se achega. A imantação começa pelo interesse

6 Distinto, projetava-se seu grito (para fora do folclore em moldura). O canto, entre o primitivo e a mimese televisiva de um programa-de-auditório, destoa de qualquer compasso, do andamento regional-cultural em festejo de um lugar devotado ao dia santo. Todos saíram do palco, menos ela, impactada pela visão de Reis, de-si feita Rainha. Restou só sobre o tablado, afastada do grupo e da festa. Logo entrou pelos altofalantes uma fileira pré-gravada de cantigas sertanejas. A dona miúda não se retirou da linha tomada por seu grito de salva ao invisível e apresentação escancarada, exibicionista de si mesma, ao embalo de um toque já distante (bem de fora) do que se chama música. Em desterro, numa espécie de mímica aos fundos do local e do evento. Acabam por retirar-lhe o microfone. Ventríloqua em desencontro (antikaraokê) enquanto a trilha sonora neocaipira ganha o foco central através de um disco que não pára de tocar, aglomerando os investidores de agro-cidades em fest-dança. Até o raiar de um dia de domingo, desértico, despontado na aridez de ninguém ao redor. Sol fixo mato afora.

em desvendar a razão de um homem imponente, tão bem trajado, aferrar-se à escolha por um chamamento inusual, capaz de despertar curiosidade não facilmente esgotada.

Do choque causado entre seu nome e o que se dá à visão, começa a nascer um culto, em desvelamento e cortejo, paralelamente aos volteios de meu ato como DJ Vazante. Zoé desbravou um polo de atração na pele de uma criatura belíssima – ao ser identificada como Rainha – sem que se vista de *drag*, desprovida de emblema.

Atiça todos por obra de olhos verdes-musgo mais jovens e faiscantes do que os meus (nossos pontos de semelhança foram força sedutora no que acabamos de viver juntos). E oferece para quem bem entender uma noite desmedida (quantidade de pessoas em aberto).

Traz nas mãos a versão laminada, visível à distância, de um *magic cube*. Ostenta ser parte de mim, miragem de posse, atração extra e simultânea à cena do palco. Está, também, contratada pelo Club C. Empreendimentos.

A chave do contato reside aí (como se segredasse a caixa preta o eixo do próprio lugar), na maneira como ostenta o objeto de um jogo com a gradação de seus olhos repousados nos frequentadores (um a um, impensavelmente todos sentem o foco, lume e carne) do *line up* que me liga ao Clube até o fim do próximo mês. Mas sairei daqui logo, antes de ser encerrada a tão bem sucedida maratona de exposição dos meus discos ao vivo. Porque, para meu gosto, o vínculo mais forte com o instantâneo, o ímã sonoro da performance, vinha da presença da chamada Rainha, agora conduzida por um grupo misto de dançantes para longe daqui, na hora em que vou findando a seção (cada vez mais próxima do fechamento de um ciclo confundido com toda a minha vida).

Vago pelas dependências do Studio SP, sob a réstia de um sexo hiperaditivado, obsedantemente destituído de palavras e mediações para seu mais puro acolhimento. Uma ideia de inocência me persegue com a mesma eletricidade percebida na profanação de uma perversa postura de resguardo em falso (onde as coisas parecem se guardar, mas jamais cabem em si mesmas e nos compartimentos do que se entende como companhia).

Em Lavapies, meu amante do Clube sabia tirar ganidos espanholados que continuo a buscar no resto das línguas falantes à minha volta. A Rainha surgiu de mim, e a loucura está em não poder mais tocá-la.

Desabrochou como fórmula de fuga à imagem gravitadora do DJ – bem na possível virada de nosso afeto em compartilhamento com tantos outros.

O espaço mínimo entre palco e público favorecia a dissolvência do amor desenfreado que apenas nós dois criamos. E agora a Rainha pode manipular como defesa, trazendo a mesma cara para muitos, quando fomos perdendo a ignição, a fagulha, a "foda" exuberante nascida do acaso, ao fim-de-noite, numa emenda - até o banheiro, de pé, encanamento, ladrilho espuma lado a lado –, especialmente nutrida entre dois precisos corpos molhados, endurecidos (nada a não ser nós, em dois, em face do dito gozo, suposto, e de novo gozado, fora daqui não seremos mais, dois).

Ao ficar sentado na privada do WC, numa trituração de coisas vindas do organismo, meu pensamento, sigo distraidamente a orientação de letras e números à minha frente. Estão afixados na porta FAZER/ESQUECER

Celular 91 627 08 58

Mamo muito bem chupeta

HETEROS BEM VINDOS

Beijo seu corpo para sempre
Ponta a ponta

ESQUECER/FAZER/ESQUECER

(7) PORTAS DA RUA

– Tom Discos.

– Fazer/Esquecer?

– Não temos esse disco no momento. Quer fazer encomenda?

– Quero ouvir ao vivo.

– Não somos uma casa de shows.

– É preciso marcar um lugar de frequência?

(A ligação se desfaz)

– Tom Discos.

– Por que o celular?

– Não temos telefone fixo.

– Por isso mesmo quero estar perto.

– Estou à espera dos seus dados.

– Você quer algo fixo?

– Já passamos nossas informações. Faltam as suas. Estou pronto para anotar.

(Tão logo fala desliga o telefone)

– Tom Discos.

– Vocês atendem a essa hora?

– É só com uma pessoa que você está falando. Não há vocês aqui. Já passamos do horário do expediente.

– Por isso mesmo ligo no celular. Tenho urgência. Esquecer/Fazer?

– Fazer sempre. A razão é do cliente. Nosso estoque não tem tamanho.

(Mal se comunica, interrompe a liga formada entre nós)

– Tom Discos.

– Como é seu nome?

– Flamínio.

– Eu passei no teste de voz?

(Pergunta e ganha um adiamento na linha)

– Tom Discos?

– Flamínio.

– Aqui é Dario. Quero antes de tudo saber de você.

– Estou disponível agora.

– Onde?

– Moro longe. Você vem?

(A ligação se sustenta pelo gesto de silenciar o colóquio; mesmo quando o retorno da conversa se faz imediatamente há um voluntário, reiterado desligamento do contato em curso)

– Vou até longe quando quero ouvir um disco.

– Mas é tão fácil ouvir o que se quer. Vida on-line está aí. Não há razão dessa necessidade fora de hora do expediente.

O encontro se realiza, depois de meses, por conta da longa convivência com a voz um do outro. Acabo por ficar eriçado em ver seu rosto ("corpo inteiro", como promete para o outro antevisto através do escrito/grafite).

O homem tem jeito de menino. Está no balcão da Tom Discos como que estampando uma ilustração da passagem pela rua de uma zona distante da cidade. Cidade à distância. Cidade distante. Flamínio.

Ele se encontra à frente de um negócio doméstico gerido de um familiar a outro desde há muito tempo. Agora é sua vez. Tudo é verídico no subentendido –

Rabisco feito a faca na porta do Studio SP

"Encravei a mensagem no WC por desejo de companhia. Precisava de um chamariz *hard*, caso contrário, ninguém viria à minha procura".

Já de mãos dadas com Flamínio, sei, de vera, que faz de tudo. Tudo está escrito. Ainda. A faca – "de supetão, comecei a talhar o número do celular, só fui uma vez no Clube, não queria nada mais do que alguém ao meu lado, antes de você muitos me ligaram, não minto, mas fiquei na conversa sobre Tom Discos, pura verdade, aliás, necessitada de alguém – como é o seu caso, Dario – sondar até o fim, não desistindo depois da aparência do equívoco". (O recado confere, não consigo escapar da ponta a ponta de um beijo por meu corpo para sempre).

O subúrbio vicia, alicia um pouso permanente. Não estou apenas de namoro com Flamínio. Pareço morar por ali há bastante tempo.

Vem me mostrar as novidades, surgidas de todas as épocas, por obra de sua equipe de vendedores, catadores de discos. Coco de roda (primeiro registro em disco); a gravação número zero de Os Mutantes; compilações de John Peel, Rádio Fluminense, a "Maldita" (difusora do rock ressurgido nos anos 1980, então me lembro a praia lembra de mim marola morna antes que a noite se implante). Passo às vezes dias seguidos no lugar que Flamínio escondia por trás do telefone[7] (o mais recôndito, impossível, e com um gozo prolongado por cima).

7 Cifragem e incisão. Voltar a fazer (captura de conversações *hardcore* retiradas de trechos de filmes antigos pornôs através de tesudos seres em maratona de mortos), pois esses agentes do sexo não pedem dublê. Muitos já faleceram e de novo são cobiçáveis por força das cavidades gozosas, vermelhas em umidade e largura numa exposição "para todo o sempre" do desejo do próximo a nascer e chegar até à mira dessas fitas (a vida por um talo), adolescentes, decrépitos, inteiramente sedentos da vontade de ver, saber, onde/o que os corpos suplantam os próprios corpos. Emissões somadas aos discos que Flamínio executa no Tom, Subúrbio decente, acessível por metrô. "Portas de Rua" dão sempre para dentro. Não há rua sem relação com o que rola dentro. (Os sons de prazer escandaloso sobem pelo ar dos bairros malocados à tarde, quando todos estão ainda em trabalho ou no aconchego dos conjuntos imobiliários uns dentro das paredes amontilhadas pelos outros, infernos a quatro quartos de um número mínimo de ap afixado na porta até o buraco vindouro). Não há rua sem contar de onde se parte e delimita cada passo, cada toque em desabrigo (do prisma de quem se encontra aparentemente fora do que as casas escancaram à medida de seus lacres).

(8) ELO

Voltando para casa, mesmo em São Paulo. Mesmo em São Paulo, voltando para a cidade projetada como célula criadora de som. A casa está arrumada na outra ponta da maior metrópole nacional. Pinheiros. Não me importo de ir e voltar dentro de um mesmo lugar. Explico tudo isso a Flamínio, num fôlego só, tal como o nosso jato de prazer nada programado acaba por me reter em Santana por toda uma manhã.

Sair e retornar ao subúrbio favorece o namoro. Solitude necessária à música que agora componho intensifica o desejo – forçoso cruzamento de bairros instaura a distância como descoberta constante de outra pessoa.

Mais nitidamente se mostra o sentido de volta, ao redimensionar a minúscula moradia reservada a experiências de som, extensiva aos gestos mais básicos do doméstico, do dia, da pessoa ali instalada o tempo que for. Aguça ainda mais esse movimento de tempo no espaço de sempre quando convivo com a ausência de Carlucha.

Certa vez, numa noite, o Álbum-Terraço surgia para agregar variáveis habitantes vistos bem daqui do prédio.

Na sua disputa pela posse do verdadeiro mirante acoplado ao seu apartamento apenas por um breve lance de escadas, a vizinha fotógrafa acabou por obter na Justiça a incorporação da cobertura ao imóvel. Pôde se fundamentar na planta original do edifício, conseguida em sua íntegra após muitas peripécias, percursos incansáveis entre a prefeitura e firmas de arquitetura. No entanto, perdeu as condições de ter um único, amplo território de morada e flagrante panorâmico da cidade. Pois na contenda com a síndica ante a ação administrativa de anular a anexação do terraço ao último andar (onde morava Carlucha), deixou de pagar o condomínio por anos. Porque não tem dinheiro (a não ser o imóvel herdado da família). Baseou-se no argumento de que o corpo diretivo do Prédio Patrimônio Paramount não empreendia a obra a ser realizada na coluna do esgoto, causando-lhe vazamento e inúmeros problemas de infiltração no banheiro, na cozinha. "Até porque os constantes consertos de bombeiro eram feitos por ela", isolada em suas reivindicações e custos pelo restante dos moradores (quando era um problema de todos). Assim posto, o processo movido pela síndica, paralelamente, destinado ao recebimento do condomínio atrasado (ao longo de 4 anos de confrontações e dissídios), se encerrou com um montante vultoso. A legislação em vigência reza, também, contra ela: um valor corrigido mensalmente, em detalhamentos de gastos somados a "prejuízos" de toda ordem – da imagem à moral, do desgaste geral dos condôminos à saúde da administradora, controlada em regime tarja preta.

Carlucha ganha a maior causa, porém fica sem recursos para pagar o débito alto relativo à ocupação de seu próprio imóvel, que acaba por ser vendido. Resultou como última solução para saldo da dívida descomunal, bola de neve formada por dinheiro irreversivelmente acrescido a uma invisível contacorrente, sob comando das situações delegadas ao léu da sorte e do tempo. Porque não tem dinheiro. Nem antes, quando elaborou Álbum ao Ar Livre, nem depois quando perdeu o espaço/terraço "próprio".

Segregada, dada como louca. A amiga e vizinha consegue o direito pela cobertura, no momento mesmo em que se vê impedida de ocupá-la, justamente quando detém a vitória sobre uma operação quase impossível. Deixa o topo do Paramount Patrimônio a um desígnio privê de habitação sabe-se lá para quem. Porque mesmo com o dinheiro vivo, na sua mão, não o teria (dinheiro).

Fizemos apenas nós dois uma única festa no Terraço, uma espécie de chá noturno, em despedida diante do evento e da panorâmica-*travelling* certa vez descortinada. Algo sonhado para um filme/fotografia em arquivo por parte de Nato Rolim e de todos os presentes, numa espécie de *rave* sem nome, ocorrida numa noite antiga já, e única, matriz de outras em celebração à existência de todas as noites.

Não quis ver a partida de Carlucha Camargo, a fotógrafa, no dia seguinte, quando ela passou na minha porta a carregar a gaiola com ½ dúzia de periquitos. Eu desconhecia a criação dessas miniaturas emplumadas, ativas em mordiscar os dedos da gente quando, em brincadeira, delas nos aproximamos através das grades. A vizinha, em retirada, fala, no final, dando-me as costas. O projeto continua de outra forma, em outro lugar.

Sabor e senso de volta: em todo instante de cruzamento do corredor até meu endereço – interior de estúdio (sempre digo para mim, da cabeça à ponta da língua, o nome do local onde me situo). É preciso retomar a situação. Quero convidar Flamínio para vir aqui.

Hoje à noite, Throwing Shade[8] dá show no Clube da Augusta –

Não foi lá que conheci o convite de Flamínio (antes de tocá-lo por inteiro), cheio de corpo na letra traçada a faca? Grafite gruda aquele que lê.

Agora é hora dele vir até cá, voltar à cena do Studio SP, porque em Santana tenho estado por demais, em torno de seu comércio de discos e dos lances inopinados de gozo onde quer que a gente caminhe nas dependências de uma casa enorme, último reduto de habitação familiar em grande escala. Ao redor do conjunto imobiliário forrado de olhos miúdos, crescidos sobre nossa vida em comum, cochicha-se: casamento averbado por presenças cheias de juízo, dadas à distância (na fronteira ideal permitida aos blocos de morar em série). A partir de uma simples "pegação" – só porque dura muitas semanas e não há como dar conta do "teto", do alcance, ao tipo de enlace a cada jato esporrado, espontâneo extemporâneo – ou do mortal boca a boca de dois homens.

8 Sob a égide de uma mulher DJ, a faixa "Elo" busca revisitar os andamentos dos *beats* dessa hora, desse agora. As coordenadas vêm do release a respeito de – *Throwing Shade* – seu som antes do show (logo mais tarde, na noite que já chega). Obsessão por *synth-drops* cheios, no entanto as suas referências musicais estendem-se além dos clubes. No seu programa semanal na rádio NTS, THROWING SHADE cruza temas tão diversos como o *jazz* muçulmano ou as melhores *covers* de Bob Dylan, revelando sutilmente o seu conhecimento enciclopédico, sendo que recentemente, a sua musica foi também comissionada como parte do prêmio Turner Prize na Tate Galeria. Consecutivamente aclamados pela imprensa de musica, os padrões de som pluralmente abstratos de THROWING SHADE, prometem que o seu *dj set* nesta Maratona Can Dance Studio Essepê seja uma viagem indomável a um submundo mapeado por batidas.

(9) LOLLIPOP

Após a noite *throwing shade* caímos cá dentro. Flamínio passa a conhecer onde moro e, também, dorme comigo. É o que vejo acontecer até o ponto da virada para o próximo dia.

Ele não quer sair da cama, instalado no domingo, demonstrando desinteresse em rolar pela cidade, avesso à ideia de sair para comer. (Aqui não é um motel, melhor teria combinado nossa noite dentro de um, não nesse "dentro" onde apenas cabe meu *kit* básico plugado a alguma forma de som). É o que mais quero lhe dizer. Seu braço começa a fazer força sobre o meu.

Queda-de-braço, brinco no meu pensamento. Mas depois falo para ele.

– Eu sou bom, também, de luta.

– E eu de briga. – Repico (mais do que replico, pois vejo-me inesperadamente ferino, incisivo, com o pau, em descontrole, endurecido). O domingo vai se esgotando. A certa hora, abro champanhe reservada para o maior momento de uma vida – brinde sobrado de uma matinê marítima em Brighton Beach, o enclave ucraniano nos confins de Nova York –, em seguida ponho para fora o estoque do frigorífico.

"Eu luto para ficar nessa cama", Flamínio se explica enquanto come o último kiwi. A cama para nós nem sempre engatilha *non-stop* sexo. Ele tem um jeito de roncar emitindo balbucios, pedaços de frase que corro em captar (algo intraduzível). Mas acabo dormindo. A segunda-feira se avizinha. Ele beija de ponta a ponta meu corpo "para sempre".

– Não tenho necessidade de sair correndo daqui porque já chegou a segunda-feira. Você sabe, minha irmã, Fulvia, abre todos os dias a Tom Discos. Principalmente, após o fim-de-semana, estamos acertados caso eu demore a chegar: ela tem a incumbência do turno integral do dia no nosso comércio. Assim, nos revezamos. Por vezes, Fulvia viaja para comprar novos discos. Você por acaso está ocupado hoje?

– Eu trabalho aqui e tenho sempre o que fazer.

– Sempre. Porque é dono do seu trabalho. Vai em frente. Fico por aqui.

Torna-se difícil o engate na composição da faixa que concebi para a sequência. Provocadoramente, dei-lhe o título de "Lollipop". Talvez não tenha mais o que fazer mesmo hoje, preocupado, até então, em não emendar sábado e domingo com mais um dia *off*. Flamínio lança-me beijos do ponto onde se encontra, em frente da mesa em que estou escrevendo exatamente esta frase na agenda, na recolha dos elementos que fazem minha música, e, nos últimos meses, o disco. "Flamínio lança-me beijos do ponto onde".

Recuso-me a repetir o diálogo de ontem com ele, entrados os dois um ao lado do outro no fim de uma terça-feira.

– Você não reparou que estamos juntos. Eu até me comuniquei com Fulvia. Não sei quando volto. Seu trabalho comigo por perto está correndo bem. Pelo menos, duas horas do dia você se ausenta no estúdio. Enquanto isso, tenho feito um pequeno catálogo dos seus vinis. Li algumas de suas notas.

– Leu?

– Passei por cima do que não era do meu interesse, me fixando apenas nas referências a discos. Mentira, li um trecho em que você fala de mim. "Para sempre, Flamínio, ainda anotado do grafite, para sempre". Cheguei a decorar seu "lembrete". (Diz e se desnuda, durante o pequeno intervalo que faço em meu trabalho. Sob o impacto de tudo que emite e faz diante de mim, sigo suas coordenadas, acabando por ficar nu ao mesmo tempo que ele).

A quinta-feira já terminou. Há discussões e beijos. Ficamos de pé. Resisto a tombar na cama carregado por Flamínio como vem acontecendo tantas vezes, quando não é o caso de eu puxá-lo pelos cabelos ou por trás.

"Não é que eu não esteja me comportando do mesmo jeito seu em Santana. Já notou, sua casa tem tamanho-família (lembra o anúncio muito antigo de Coca-Cola?). Aqui não me separo do trabalho. Podemos diminuir a frequência dos dias de encontro, incitando ainda mais o prazer de estar um com o outro, esse trânsito contínuo de bairros dentro de uma mesma cidade dá vitalidade, não deixa nada morrer de nós, é para sempre, eu li, escrevi por cima e não paro de dizer, vem".

Flamínio não quer sair tão cedo daqui, vai vestindo minhas roupas. Usa uma após a outra. Parece-me que criou uma trilha de investigação conjugada ao deleite nesses poucos metros quadrados contidos no prédio projetado para álbum e 360 graus de horizonte, segundo a vizinha que partiu (para sempre). No correr de uma semana, não há mais qualquer cerimônia da sua parte em folhear meus escritos, dispondo por horas dos fones de ouvido para conhecer minhas fontes de dança e pesquisa.

Minha mão está ferida. Dá para perceber que a região antes acidentada volta a doer. Talvez seja um sinal de que não posso mais contar com a companhia de Flamínio, o colecionador de discos.

Na linha-da-mão, os motivos de choque trazidos pelo contato com o mago/ambulante das ruas lisboenses entram em jogo numa profecia interrompida, mesclada com truque de vagamundo e delírio direto da vida-de-rua. Só que soa juntamente com o vivido nesse instante: dor e tudo que transborda de um trecho físico à intensificação dos menores componentes da vida visível.

Tudo à volta, em ponto implosivo, como que vibrado numa dimensão trêmula de real. Pois agarro com a mão doída a chave do apartamento na disposição de tirar Flamínio do meu pequeno mundo resumido a metragens e objetos correlatos de habitação.

De novo, sou jogado na cama contra sua boca ágil a falar coisas misturadas com beijos gananciosos de língua provocante conduzida a algo cada vez mais dentro onde não estou mais. "Não quero. Não quero mais. Não".

É minha a luta, acabo por falar. "Não, não mais". Não adianta. O grafite está gravado, tal qual um número-telefone. Não adianta remover o que já está aqui.

Flamínio, que esteve com o celular fora de serviço todo esse tempo em minha companhia, resolve ligá-lo. Seu aparelho toca imediatamente. Várias vezes vibra e retorna com um estribilho do Sabotage. Só assim ele me larga. Põe-se a responder uma – sem muita escolha – das muitas chamadas feitas em seu nome (grafite de grudar na carne)

Mecanicamente, vai dando as direções para um leitor ainda anônimo de seu grafite de banheiro. Tom, Tom Discos (desliga). O cel volta à ativa. O interlocutor pega seu fio. Brinca com a aparência de engano. Os dois engrenam uma conversa longa capaz de me aterrar de um modo desesperador em minha – começo a duvidar de onde estou – cama.

Nem é mais necessário que eu imponha minha privacidade, largado que sou, completamente despido. Flamínio confirma o encontro em voz alta. Bate a porta com força. Corro atrás dele para ver com confiança – e uma dor levada ao máximo da sensação intransitiva, intransferível – que ele não levou a chave. Deixou tudo como estava antes nessa morada, mas não saiu com a roupa que vestia antes de chegar até cá, como se diz: a roupa do corpo.

Carrega consigo um modelo retirado de meu cabide. (Perturba-me ver o amontoado de seu macacão amassado com a sunga como a indicar um vestígio a ser recuperado por ele a qualquer hora).

Ao longo da semana datada a partir dessa sexta-feira (dia da partida de Flamínio), vou passando por lugares onde tocam música, só para despistar meu pensamento fixo no último homem que tive e a própria música embalada na frequência do sentido mais próximo. O que virá: apontado para mim (e seu não, o inclusivo invisível). Planejamento e vertigem de algo – nexo do sexo – generalizadamente chamado de vida.

Tudo o que quero é fugir de casa (logo após a conquista de meu direito privê de circulação na micromoradia e a debandada de Flamínio, acoplado ao toque de um telefonema erótico tendo meu corpo ainda quente colado no seu).

Vejo – consigo me ver, não sei como – que estou sozinho a ouvir uma sucessão de melodias. Repito um motivo do início de minha formação como ouvinte, distraído da função de regente/operador de fontes eletrônicas a ser ocupada na outra linha das transmissões sonoras ininterruptas. Ou (o fundo do ar é música, sequencial, automatizada, como se diz da "luz de serviço"; alguém simplesmente se introduz e passa por um fluxo anterior, descontínuo, intermitente).

Em muitas tardes, dou de frequentar a mesma cafeteria. Lá me distraio, num só compacto, com a rádio (*webstation*) tocada em seu interior e a garota que serve café, disponível para uma conversa mantida comigo nos intervalos de seu atendimento. Está bem informada sobre os últimos lançamentos. "Amor" se desmaterializa como dimensão jamais visitada. "Amor" é só o que executa uma atrás da outra, canção: o amor de estar sendo reproduzida para muitos (um ninguém em especial, ao alcance de cada um, porém, em suas variáveis de audição entre momentos e locais não-percebidos). "Amor" se expande, então, por um veio presentificado tão-logo se esvai através dos condutos/transmissores.

Ouvir-vagar.

Cafeteria, canção, algo de mim está sendo irradiado – emissora sob o controle da menina guardiã da trilha onde trabalha e se distrai (às vezes comigo).

Círia, a servente do Café, me dá a informação. É uma faixa de Laureana de Fraga, "uma DJ das antigas, brasileira, Lollipop[9], seu nome original, uma pioneira, a primeira, penso".

9 Poderiam dizer ser uma paródia, uma parada desenvolvida no fio mais rente do que foi ouvido no desfile mecânico do mundo *electro*, traçada em baliza da cena *clubber* onde me tornei conhecido. A faixa "Portal" parece ter o interesse em atingir minha imagem sonora, o timbre-ícone em que me tornei, mix de compositor e animador das festas de fim (noite) início (de uma era sempre anunciada de celebrações corpóreas, sensoriais, e autonomias tecnológicas). Há recriações de "Beijing" (meu provável *hit*), retomadas de assovios/balbucios, no trecho que escuto ao lado da taça alta de moka trazida por Círia à mesa cativa ocupada por mim todas as tardes no Café-de-Música. É como se Laureana brincasse diante do desafio de produzir um sucesso mega (algo também antevisto em meu diagrama de vida através do som, segundo o adivinho-de-rua desaparecido). Aos poucos, vou entendendo a profecia do mago vendedor de sorte ao sabor do truque do momento. Inopinadamente, vêm descarriladas as palavras; para fora do passar do tempo em sequência. Segundo ele, "chamam-lhe Cricket", já houve o que se entende por carreira – encadeamento, linha-reta –, por exemplo, o estouro "Beijing Over Night Suns". Depois "só importa o que não foi feito: uma outra versão para *hit*, tomado pelo atrito – enquanto forma de encalço/alcance – com o inesperado. A partir do já/há muito ouvido".

(10) EX-CANÇÃO

Não é só paródia/parada do único sucesso – Lollipop busca uma inserção, um retorno ao marco fundamental de sua tão disseminada assinatura no chamado de outras garotas, novas Lollipops.

O topo da legitimação lhe pertence nesse momento precioso, bem preciso, divulgado através do livro de entrevistas concebido e realizado por Jan Grinberg: "uma referência seminal da artesania tecno". (Foto da compositora dentro da casa/sítio/studio em Vila Nova de Gaia).

"A (verdadeira) Dj Lollipop tem domínio pleno do *puzzle* de efeitos em vigor na electroesfera. Não esteve retirada há décadas por uma simples oposição ao advento das novas tecnologias. Muito ao contrário, encontra o núcleo incisivo formado por labor manual e cultura digital" (Por toda uma página, o retrato de seu pátio hiperfoliado, crinas de galos-índios e terra nua ainda por desbravar) Grinberg: p. 103.

Com o nome de Laureana de Fraga, minha primeira, única, garota dá desenvoltura, na outra ponta do tempo (aqui, onde eu tenho desenhada uma imagem peculiar da *performer* vocal e regente veloz de sulcos sonoros superpostos) à expropriação de todo um itinerário percorrido. Deixo a taça de moka pelo meio. Vou pra casa ouvir o disco Seixo integralmente.

Minha decisão em homenagear Laureana/Lollipop a partir do título de meu cd de estréia, assinalando a procedência da música vivenciada ao seu lado – um princípio dissolvido com nosso afastamento –, sem que eu ouvisse uma faixa sequer (lendo apenas os títulos referentes a cada composição) do seu primeiro trabalho registrado, rompe-se desde a escuta na Cafeteria da canção ao léu. Círia faz tudo ressoar em seu serviço aleatório de garçonete. Agradeço a essa mais nova mulher da música.

Expropriado me sinto através da sutil fantasia/fanfarra feita de uma evidente alusão ao meu único *hit* –

Sou uma sombra nomeável como parafernália tecnificada. O que se faz alusivo ao rumor indiscriminado de noites sobre noites a partir de uma base mecânica de entretenimento (na contraface do desgaste pelo passar do tempo). As texturas ágeis de citações discorridas pela mulher como DJ e detonadora do ruído de fundo, onipresente electro vaga, sinaliza o modo apropriativo e distanciado pelo qual ela passa, possuída pelo dom de controle sobre seus elementos em estocagem. Pois pretende superar um estado sonoro de coisas por um veio sutilizado de ondulações quase silenciosas de produção instrumental caseira.

Tenho horror de voltar para casa. Horror guarnecido há muito mais tempo: só porque estou lá dentro.

Depois de alguns dias com Flamínio, justamente o correr de quase uma semana trancafiado sob o contrato de gozo em câmara privê, depois de espontâneos passeios pelo subúrbio e a fricção na qual o gozo se afina entre faca e pau de carne permanente. Dias levados à exaustão de uma companhia. Justo no ápice de um equilíbrio entre sedução e afeto, casamento e pegação vadia de uma noite desmedida, esfregada até o limo do limite.

Sequer penso em pôr as minhas roupas usadas por ele na máquina-de-lavar. Deixo tudo aquilo sobre a cama e o cabideiro. Fico nu. Agarro-me a um pequenininho toca-discos de ouvido ofertado por fãs de Brighton Beach, a praia de marolas baixas para ucranianos e a marginália newyorquesa (banhos de mar depois da Guerra Fria globalizada bloco a bloco). De cabo e a rabo, a arte musical de Laureana Lollipop se põe em desfile.

A história de uma época – uma suma: Beijing, hino vindo em assovio apossado de uma matriz longínqua, que vem a ser a minha ao inverso. Sou eu mesmo não entendendo que enquanto criava personagens, a matricial Lollipop, p. ex, estava atuando como figura de uma marcha extravazada de coisas contidas, montadas pela música. Quanto mais parece produzida e lançada à atmosfera como que por acaso (música minha ou dela).

História de rosto e sexo flagrados por multidões de dançantes (uma única noite ali reunida) lança-me a um aparelho "neurado" de escuta. Rebate em mim o pequeno transmissor de melodias. Faz parte de mim. Naco de mente e corpo a girar uma forma compacta de autismo.

Ouço Seixo encostado ao papel-de- parede gasto em amparo à minha cabeça em plugagem, conduzido pela lógica musical arquitetada para portáteis/móbiles. Procuro ouvir as mais belas canções de uma vida em hiperprodução (paródia de musical e circuito íntimo pelas cidades do mundo até à segregação do minúsculo *habitat* cotidiano insulado).

São dirigidas a mim todas essas faixas, entre o artesanato da técnica e a ideia de arte, pelas mãos de uma mulher dada em miragem?

Tal como agi com Laureana, assim Flamínio deixou o ap no auge de nosso acerto em pontos poderosos de gozo para atender mais uma chamada do grafite engolfante de sexo à distância. (É esta a questão, a chance da charada radiar o cumprimento da adivinha uma vez na vida?).

Um mesmo tema em reciclagem desfigurada –

Só agora escuto a música de uma longa passagem de tempo e corte de corpos nesse mesmo esquadrinhado divisor de pessoas, figuras e sinais dos dias transformados em história. Uma vida inteira se transforma sob breve toque musical (novo ou não, remoto renovado).

Tudo para ser narrado à boca da noite, como fiz para a criança chamada Heleno, convertendo-me muito depois numa imagem: gravitação do DJ a guiar a passagem para o próximo dia ritmado em uma espécie de dança.

Um telefone pelo meio, de novo perfaz seu domínio autônomo de aparelho replicado (Flamínio, Laureana) sobre um modo de ativar apenas vozes. Impõe-se uma dinâmica impulsiva de depoentes, quanto mais distantes, nunca revelados quando frente à frente.

Para quem ligar (depois que a música de Seixo se encaminha para seu fim)? O aparelho encontra o rumo, o interlocutor necessário, na duração de seu próprio fio.

Porque não sei se a música eletrônica, mesmo aquela primada por artesania feminina, enlouqueceu seu fuso preciso de dança, ao se tornar matéria de meditação sobre o desregramento: entre mãos humanas (DJS) e o manancial infinito de recortes prévios (Digital Culture), surgidos de todo tipo de fonte. Porque o disco inteiro de Laureana de Fraga soa para mim uma desabrida remontagem do que pude produzir ao longo dos últimos (eu tenho 60, já, não sei mais quando começa uma demarcada contagem) anos.

(Dave)

Fico com sua voz e o olhar acinzentado debaixo da cabeleira ruiva. Dave, a me orientar enquanto desligo vagarosamente o cd criado por Laureana de Fraga. Gravo logo depois uma torrente de comentários tocados pelo choque em captar coincidência e exposição de nossa história na vida através do instrumental *pick-up*.

Exposição, estardalhaço. Preciso dar um "retorno" ao meu empresário. "Não se trata do estardalhaço projetado no kit livro de entrevistas/ primeiro cd de um DJ conhecido por vocalizações e timbres testemunhados *in loco*, nas suas viagens pelo mundo.

Há um sinal dobrado ao inverso. Um estouro, sim, a passar depois do *hit* – o objeto de "culto" a acontecer com o lançamento de meu disco de estreia.

Estouro ou distorção" – Vazante e Lollipop (sob a aparente neutralidade do nome Laureana de Fraga) –

Como se estivéssemos lado a lado – tal como se lê no livro de entrevistas composto por Jan Grinberg, numa buscada cronologia das "culturas da música" (um depoimento após o outro) –

Desisto de telefonar para Dave Wellek, o agente incisivo a cada interferência de fala em meu ouvido (a repercutir em seguida a tudo que é dito). Algo remanesce, no entanto, na conversa silenciosa que mantenho com ele, porque o que vem depois

Não é projeto engatado por cima de outro ao desígnio progressivo-linear de agenda, numa multiplicação de fatores só possíveis hoje, no dia e na música de hoje, em meio às prospecções das tecnologias de som/imagem e ao tráfego incessante das pessoas dos mundos tornados mais e mais próximos

Reconheço suas teses empresariais, argutas, pontualmente producentes. Existe, porém, um dado de enlace com o silêncio, um recuo irrecusável buscado por mim há algum tempo.

Depois da gravação de *L/Ele*, outras páginas desmarcam a pauta da agenda – Não anoto ainda. No entanto digo, no quarto onde estou nu, desgarrado de testemunha ou companhia:

Silêncio//afastamento de apresentações ao vivo, na noite

Quando a música parece acabar e só subsistem *cover*/autocomentário e afiliamento a algum nicho preexistente, legitimado, nomeável (a ser ininterruptamente produzido)

Mesmo sem telefonar para Dave, sua voz me segue, ainda que não tenha sido exposta para mim nos últimos dias.

Um punhado de pó está na mira, à cata de minhas pupilas: coca-cristal dentro do recipiente transparente em frente à cama larga, desarrumada ainda. Destaca-se na retaguarda, em uma localização estratégica extrema –

Para festejo de minha decisão ainda secreta, de concentração no estúdio, após atuar como cerimonialista/dj por onde tudo passa e eu nem mesmo percebo?

(Flamínio)

Esparramado na cama, apalpo o cel para conferir a inexistência do menor contato feito. F. deve estar em outra história.

– Beijo corpo inteiro para sempre "você".
– Você não deve jamais ligar para "ele".

"Não telefone para ninguém"
"Não faça música. Ou melhor, escute a música da sua retirada de cena na função-DJ, Dario"

(Marcianita)

Tomo emprestadas as conversas que tive a vida toda com Marcianita. Invento um modo de atualizá-las, movendo palavras, pausas e respirações vindas de sua boca.

Embora ela esteja, nesse momento, tão próxima, a residir em São Paulo na guarda dos meus arquivos e, também, dos pertences da casa de Todos os Santos, desfeita e vendida. Tudo o que possibilitou a compra do quarto-e-sala da Avenida Angélica.

Ela me deu um telefonema de emergência antes de se radicar por aqui. "Meu marido, o último homem que tive, depois de viver ao lado de Zezo, a criatura mais violenta desse mundo, está me levando para uma existência insana como pregadora nos desertos da Baixada e do interior do Estado do Rio. É uma violência da mesma forma.

Sinto estar me transfigurando num ser que grita a exigir a aparição de pessoas à altura da entidade branca, elevada e destacada para montes de nuvens confundidos com habitações mais e mais dispersas. Meu novo homem é um Evangelho repetido linha após linha, recaído no corpo só dele.

Preciso fugir daquela criatura, cheia de causa, a bater no peito, a agredir qualquer um que passa por decreto: da sua visão fundada em papel-bíblia e voz desgarrada. Não tenho saída senão sua guarida, Dario"

(Marcianita põe sempre meu nome ao final de cada uma de suas frases, conversas, exortações ante o deserto dos diálogos).

Foi encontrada a solução para um material extenso reunido no interior de uma casa morta apenas com minha meio-irmã lá dentro. Um apartamento para as minhas coisas, tornadas suas apenas por força de guarda e lembrança. Um ap para Marcianita.

Sobrevive como aposentada (na função de doméstica), mais um salário extra pago por mim (de qualquer modo, passei o ap. da Angélica para seu nome). Marcia encontra em SP uma ocupação que só dá culminância ao que sempre gostou de fazer na vida: ouvir música, guardá-la em disco, no papel ou na cabeça, e de comentar a respeito (quer dizer, conversar).

Só que não vou procurá-la como se atendesse aos seus comandos de sempre. Através da voz tomada distante, impossível. "Não telefone".

A proximidade dela não dá espaço ao presente gritante sem ter para onde ir, a escoar alheadamente do vinco memorial – tão marcado quanto a fé no futuro – feito por Marcianita em toda coisa sob seu toque.

(Laureana)

Fora de controle, ao sentir tudo que dela fiz e muito depois, em correspondência final, foi extraído de mim, o pau endurece na mesma cama onde Flamínio me deixou. Eis o que aterra: o pau duro é a minha cara contrafeita; uma quina de espelho no quarto faz de mim um espia.

Instalada dentro de um casamento, ela não media o limite de um homem, abrindo a saia só para ele. O pau pulsante, grosso grande gordo se investe contra mim. Da cor mais berrante, pública/padrão, de uma rosa há pouco desabrochada, que ninguém vem colher. Lollipop.

Posso acessar o número de seu telemóvel (Vila Nova de Gaia) 99............

Porque estamos nos comunicando à distância. Por palavras e distorções produzidas pela música sobre afetos reais, sublimados, tal como estivéssemos juntos de um modo indissociável.

(Volto a me vestir. Utilizo o que tenho à mão, minhas próprias roupas, usadas há poucos dias por Flamínio)

O louco giro do sentido quando penso no nome Laureana e no disco realizado por ela pela primeira vez após décadas de desaparecimento, se dá como princípio e abismo no qual nos enlaçamos. Eu só realizei, também, um único registro fonográfico.

(Gozo por cima da roupa-do-corpo usada antes por Flamínio, na sequência retiro a vestimenta, voltando a ficar nu)

O gozo joga com figuras – Sempre com muitos na busca de prazer, deparo-me com a divisa: eu, separado de todos. Laureana, afinal, tremeluz na ausência de alvo do meu gozo. Passa a instaurar, depois de minha nudez, a fábula clandestina do que se chama "corpo presente".

Onde se delimita o princípio? Quem de fato, apropria a música e o senso do tempo vivido na ausência de cada um dos dois (dados em indireta reunião)?
Seixo não desprende apenas um voluntária plágio do que realizei musicalmente à distância da mulher/matriz da música.

Tenho de fugir da imagem e do som inscritos como paródia/pirataria por Laureana de Fraga acerca de minha passagem por sua história (sua música).
Vinco memorial sobre o instante, esse agora. Qualquer futuro parece elidido, estourado. Devo acreditar apenas na audição de meu próprio disco[10]. O primeiro solo do DJ Vazante/o último CD:

10 L/ELE – *DJ VAZANTE* –
Voz/Guitarra/Programação Eletrônica – Vazante

Música agora são só *streamings*. Compactações possíveis apenas a colecionadores. De retorno aos sulcos, estrias de arquivo ao acaso: vinis. O último DJ. Acoplo o som nas extremidades da cabeça, passando a ouvi-lo. Até que venha um intervalo.

O vazio que preciso atravessar depois de apreender o *paso doble* irreversível tomado na composição de música, a partir de Laureana.

Em homenagem à existência de Lollipop, projetei para o DJ Vazante um elo com a regência, autoria, assinatura. No mesmo instante perceptível do movimento de Lollipop/Laureana ao buscar pelo pastiche de minha figura (tecnotimbre) o poder de afirmar seu posto pioneiro como *disc-jockey*.

Lolli atinge meu único *hit*, ao exibir como peça integrante de seu disco a cópia mais escancarada da melô-do-assovio. Desfere contra meu mundo ao decretar não apenas o fim da era DJ – torna-me mais que mortal, mortiço, varrido do horizonte, mais ao fundo, com música.

(Seu único disco plugado ao próprio ouvido, Dario. Até o final de um possível desfecho, uma glosa do som que está no ar e não para de secretar seu efeito de continuidade e sentido).

Ex-canção/escansão –

O tempo se baralha na frequência de um mesmo pouso viciado, infernal, a resumir a moral do fim – musical, que seja – culpa no cume, ao dobro/em réplica, da minha consolidação como DJ. Como se o som tivesse de enveredar para becos *clubbers* da noite dos mundos em uma estreita via de legitimação. Afasto-me de Vazante. Nada quero de seu nome legado em noite e sonoridade infindas.

(Nas linhas sequentes da Agenda, passo a anotar)

"Depois de cruzar manhãs através de *noise*, bate-estaca clube/caixa preta: quero vazar o outro lado, o vazio, na noite seca, sem céu (SP), só

Objetos – Celidonio Guerra
Clarinete – Rada e Ricardo Vasco Setta
Grafic Design – Carlucha Camargo

multidão nascente, podada de linha reta. Meu apartamento não se liga mais à constelação de um Álbum-Terraço. Entretanto, gira, enquanto célula estrita convertida à rotação de um: disco homem lugar de morar feito câmara percutiva.

Exposto ao mapa das cidades por sinais/estridências noturnas de som, após tantas festas, agora não consigo mais dormir: eu mesmo volto a escutar a rotação de Quartzo, a faixa inicial.

"Concentração. Silêncio". Estas são palavras para sempre –

Senha mais do que dita (para o simples transcurso de um dia ao outro/deixar que a música se desenrole, uma depois da outra, sem-pensamento). Até que se torne apenas sua, sob a sensação da mais viva, pessoal, conquista. Concentração.

"Silêncio".

10

DUBLÊ

DARIO

ESCANSÃO

– Nunca soube direito quem era seu pai. Teve informação pela boca de pessoas distantes. Um certo dia, muito tempo depois do acontecido, comunicaram a morte do homem.

(Dudude sempre evitou comentários, respondendo ao mínimo, "chama-se Ranieri, meio ruço, alto como você").

Logo a família dele – do pai, quer dizer, os avós de Dario – tratou de despachá-lo para o interior (o chamado, na época, Estado do Rio, quando ainda existia Guanabara). Ninguém mais avistou o homem (ou melhor, Ranieri), juntamente com o resto desse pessoal; todos eram da vizinhança daqui (daqui não, é o modo de dizer só porque estou ligada lá atrás no que estou contando a você) de Dudude, em Todos os Santos.

Aqui e ali alguém tinha um dado sobre a procedência de todos – um local fluminense impreciso (Austin, palpitou o açougueiro, morador a poucos metros do nosso antigo apartamento, imagine só, um município perdido do Rio com esse nome, pouca gente tem notícia do lugar, dos avós e do rapaz, naquele momento, em fuga da paternidade). Época de valores terríveis. Transviada: A jovem De Lourdes (Dudude) era quem podia levar essa pecha, não seu namorado, pai do filho por nascer.

Dos outros avós, pais de Dudude, já lhe disse, a primeira vez que você veio aqui. Portugueses. Não cheguei a conhecê-los, donos de comércio, possuíam casas de vila. Passaram tudo para a outra filha, Constança, que foi viver em Portugal. Por ter gerado sozinha a criança, Dudude herdou o apartamento e uma pensão. Mas também só isso. A pouca idade não lhe permitia comando dos negócios, até hoje, me parece, nas mãos de Constança. Transviada.

Hoje seria apenas "viada" (pode rir, a "real" dói). Eu mesma ouvi alguém na nossa rua falar esse termo enquanto eu passava, passeando com Dario. Ah, do lucro dos bens dos pais portugueses, Dudude recebia, de um modo nada conferido, nem explicado, o ganho vindo de um "talho" (açougue em Portugal), gerido por Constança e família. Assim nós todos vivemos. Eu mesmo ganhei meu ordenado, tudo o que me permitiu obter registro e minha pensão de doméstica.

– Se a gente continuar a conversa, vou me lembrando de mais coisa ("de onde você vem, é o que sei, Dario").

O diálogo de Dudude com o filho vem inteirinho à medida que transcorre a nossa entrevista. Pode interromper quando quiser. Fique à vontade para ver os arquivos. Estão todos acessíveis. Você foi muito bem recomendado por Dave. Uma pesquisa de universidade? Sim, sim, um livro. Seu pai escreve não é isso?

Horácio...

– Diaféria. Eu assino Delano Diaféria.

– Dave apresentou você com outro nome. Delta?

– Sou conhecido assim, de quando eu fazia skate.

– Posso, então, te chamar de Delano.

– Isso.

– Você prefere. Dario, também. Não gostava, fora das pistas, de ser interpelado como Vazante. Mas é difícil alguém ter controle sobre o modo como é conhecido. Visto e nomeado. Aceita alguma coisa? Tenho costume de fazer café no meio da tarde, não vai ter problema. Há algum outro ponto que você quer saber, posso ir até a cozinha? Se lembrar de algo pode entrar. Moro aqui, especialmente para dar guarda aos materiais da vida de Vazante.

– Vazante?

– Nesse momento, enfatizo o DJ. Ele estava em briga com a sua própria imagem, só que no fundo há uma luta bem maior em tudo que pude assistir desde seu início. Muitos registros de voz e som não chegaram até o público. Notas por todo lado, você pode ver, eu mal pude começar a organização.

– Todo o material está aqui?

– Bem, seu endereço era outro. Deve haver muitas outras coisas por lá.

Ele estava contando com um tempo vago para reunir o acervo. A qualquer momento. Por um motivo ou por outro, acontecia sempre um telefonema. Nos momentos em que Dario se preparava para alguma viagem, fazia questão de me informar. Quando demorou mais de uma semana sem notícia, tive sorte de passar por seu apartamento. Como ele me deu uma cópia da chave, não veio outro impulso, estranhando a ausência demorada de contato: depois de poucas horas, acabei por localizá-lo.

Cobri o corpo imobilizado em seu gesto de ficar dormindo, a morrer.

Stress, sal, coca. Dario/Desembocadouro de tudo em volta, nome novo (epidemia) alguma nova/Vazante. Acidente-Sigla Cardiovascular Sonolência provocada. Insônia incontornável. "Muitos dos que trabalham à noite, falecem assim.

Não dão mais explicação". O apartamento aberto por inteiro – perícia, laudo médico – em prova, o recanto do disc-jóquei juntamente com sua história a ser percorrida em trilhas que não se fecham, pedaço, paisagem (Morreu dentro do Prédio Panorama Paramount).

Ninguém daria logo notícia se eu não tivesse a chave e o tino de procurar saber sobre ele nos últimos dias. A dor seria maior, um corpo morto não pára de atuar sobre o lugar onde bem acabou.

Foi feito o desenlace de sua mão apertada na outra, que nem um nó. Parece haver ali algo contundido. Com vagar, separei os dedos das palmas das mãos. Apartaram-se como se pertencessem a diferentes pessoas ao mesmo tempo.

(Tratei logo de vesti-lo, nu que estava, Dario morto, dormido)

– Delano, acabei de me lembrar. O nome "transviada", tão antigo, nem se aplica mais para quem sai da via pública, um transporte avariado sequer. Aconteceu só porque Dudude andou de lambreta com o tal Ranieri. Era vista na saída da última sessão de sexta-feira no Cine Todos os Santos. Na garupa. Tudo tem início aí. Com o fim do namoro e o nascimento do menino, passado um par de anos – quando eu fui morar com ela e Dario –, Dudude começou a guiar uma Vespa. Comprou uma com o arremate dos bens da família. Vejo, como hoje, sua cabecinha disparada a se perder no fim da rua apertada tomada como pista.

Devo lhe dizer, também, que ela dentro de uma casa a ocupava do modo mais pleno. Preenchia o espaço inteiro. Dona-de-casa em tempo integral, envolvida ao mesmo tempo com as músicas que costumavam tocar no rádio e reapareciam no fim do dia (numa espécie de competição com direito a voto dos ouvintes).

Você veja – quer açúcar no café? – o ambiente onde Dario pôde crescer. Só assim, Dona Maria de Lourdes podia levar em frente sua vida de mãe de família, cantando todo dia sem parar, sem desligar o rádio. Nós mesmos – a criança, depois de crescida, e eu – fazíamos ligações para a emissora solicitando (quando ninguém tinha acesso pela Internet) a canção principal do dia. Dudude vivia de cantarolar tudo o que se transmitia. Pega o açúcar, Delano.

Ah, depois de "transviada", passando para "viada", ela ganhou o apelido de Vespa. Por causa da lambreta pilotada por uma mulher mãe solteira, vindo na sequência "Varejeira". Cheguei a ouvir a insinuação de "pegar um homem atrás de outro". Como se ninguém pudesse frestar o sexo furtivo por causa da velocidade daquele modelo ultrapassado de motocicleta. Sendo assim, ela amava todos os homens (pela boca dos moradores de Todos os Santos).

Mas não era certo. Não ia atrás de nenhum homem, se movia pelo embalo do que estava ouvindo dentro de sua própria moradia, de melodia a melodia. Talvez houvesse ilusão de encontrar o pai do menino, montada na Varejeira. Se tinha pessoa espontânea era Dudude. Não vivia sem cantar um sucesso enfileirado em outro e saía bem assim, repetindo as músicas da rádio, com os braços abertos (como se diz), no rumo do mundo, cheia de amor pra dar, sem nenhuma interposição entre o vivido em casa e a vida na rua. Lá fora.

Viada vespa varejeira – Vem daí a criança – Nascimento súbito – Procedência do que está no ar sempre e já não está – Varejeira vespa

Preciso falar para Marcianita que o livro vai partir do momento presente do DJ Dario. O termo a ser utilizado na conversa com ela deve ser "Últimos Projetos". Na sequência, poderei retornar à Avenida Angélica para nova investigação nos arquivos. Tudo de acordo com o compasso da leitura e escrita, sem descarte do material relativo à gênese de Vazante e suas projeções futuras. De modo preciso, entre um e outro espaço – aquele da morada e o referente ao acervo de seus primeiros anos –, estarei em movimento. Uma espécie de viagem dentro da mesma cidade com um senso abissal de cruzar por linhas diferentes de tempo. Quando vejo – bem de repente –, começo a expor para a guardiã da memória do picker-upper regente sobre a urgência de penetrar no apartamento onde Dario Amarante Vaz morreu há meio ano quase. Enquanto falo percebo ser um desejo muito antigo meu, com o foco centrado na noite do Álbum-Terraço – pela pouca idade, não pude comparecer de corpo presente (ali/desde quando) –, o que chamo só para mim de *rave* interdita.

Sei da importância de se dar início à catalogação da pesquisa do modo mais completo. Pode ocorrer que eu tenha de alugar ou vender o apartamento. Um advogado foi contatado nesse sentido, comentei também com Dave a respeito da preparação de um documento de responsabilidade no acesso ao material gravado e escrito contido na residência de Dario. Ele fará um levantamento do que existe no espaço. Estou para ir lá após a arrumação rápida feita durante a remoção do corpo. Agora que ele morreu e não há ninguém mais ali, levarei uma faxineira, deixando tudo em condição de alguém se manter no ambiente durante horas de arquivamento. Eu mesma não gostarei de voltar ao local, em seguida à faxina. Não vou passar para você esse encargo duplo de estudo, exame, tendo que remover constantemente aquilo que foi interrompido enquanto alguém vivia, Delano. (Dario dizia do meu hábito de repetir o nome dele ao fim de cada frase em conversa). Para ser sincera, parece uma conversa só, Delano, quer mais café? Eu, igual a você, gosto muito de beber metade de um bule à tarde, e da mesma forma Dario.

Acidente-Sigla Cardiovascular. Não gosta de dizer as 3 letras (tão conhecidas quanto o passaporte DNA ao circuito remoto do sangue, útil aos vestígios policiais e aos órfãos dos folhetins, telenovelas all night long). AVC: para não se generalizar mais do que fulmina esse modo disseminado de morrer, de súbito, sem nenhuma surpresa, no entanto, diagnosticado por obra de uma bateria de tratamentos e doenças correlatas. (Um das mãos de Dario é coberta pela outra mão, como só tivesse a si mesmo, no caso de dor, ao limite de outra mão). Arrumar o ap, em parceria com a diarista. A senhora, já muito velha, pega o "grosso", enquanto ela se detém nas minúcias, nas miudezas do falecimento de seu irmão tão querido. Não teve outro, é seu, sim. Assim como não teve filhos. Apropria-se mais uma vez do vaso onde a coca consumida foi antes depositada até espalhar muitos grãos no vidro (por todo seu interior). Há prazer em lavá-lo bem, para depois conduzir, num extremo cuidado, o recipiente para o lugar onde reside na Avenida Angélica. Marcianita dispõe sob sua guarda – juntamente com os papéis escritos por Dudude – o material inviolável de Dario depois de morto. "Viada. Vespa. Varejeira".

De sua incumbência será a lavagem das roupas e dos lençóis manchados de esperma. Uma espécie de bagagem nova, ao lado de uma trouxa assinalada por um rol de limpeza, feito de próprio punho por Marcianita, começa a se formar. (Há um bolo de outra roupa, que não era do dono do apê, agarrada na mesma trouxa) O celular de Dario foi localizado e recolhido no instante em que o guarda-roupa estava para ser chaveado. Não deixará nenhuma pista. O rapaz é que trate de se ocupar apenas do que está escrito e gravado na própria voz de D. –"eu reluto em chamá-lo de falecido". O restante fica com ele (Delano).

60 Anos Completos. A vida de Dario passou tão rápida, que não me sai da cabeça encontrá-lo logo ali, à mão, ao chamar seu nome.

Terminou pelo menos o disco tão ansiado, constante da agenda agilíssima de Dave W.

1987 – 1990 (fragmento em hidrocor preta)

10 anos após à "Geração 77", nomeada pelo historiador Elio Gaspari, em levante estudantil anunciador da abertura democrática negociada lenta e longamente –

Tudo se prepara com dança (canção-de-gesta à procura da própria aura). Depois da ditadura, fica difícil a datação, dissolvidas as frentes oponentes. Mas enquanto passa o rock geral Br, surgido no início da década, até desaparecer sob a regência Collor no desmonte da cultura, os caras-pintadas se insurgem, em sua energia de combate, para depor o primeiro presidente a ser votado por eleições diretas em 30 anos quase, desde a criação de DF Day After (Brasilia, feminino declinável e inacessível) As caras da música não deixam de exibir Poesia Sem Público Não Pára de Gritar Fanzine Fila dedica um número em reverência à descoberta de Lollipop. Os nomes Zael Dalessio, Mareu e Dario A. Vaz se acrescentam (uma historia contada para Heleno)

Na boca-da-noite (conto para Heleno)

Existiu uma cidade chamada Sapiranga, habitada por sapos, muitos peixes e pessoas, também.

(Quero transcrever o que me lembro do narrado à criança que começo a chamar de filho, para além do tonteamento causado por espumante e ecstasy. Antes de deixar nosso menino dormindo na companhia da vizinha, programados que estamos para nossa primeira saída noturna – um dos primeiros shows de Eletrônica/Estreia de DJ internacional –, depois da partida de Mareu dessa nossa casa)

Quando saltou de uma pedra bem alta para um mergulho no rio, o garoto – vamos pôr o nome dele de Toto, para rimar com garoto? – descobriu depois que existia um fundo.

Nesse fundo, uma cidade igual a que ele via lá de cima e ali mesmo vivia igual tal qual a morada dos sapos. E, ao mesmo tempo, dos peixes, das estrelas feitas de alga e areia.

O que estava acontecendo todos os dias na cidade de Toto sapos e peixes davam noticia e podiam transformar numa resposta mais veloz do que os fatos se passando no mundo das pessoas de cabeça a cabeça até que alguém viesse e visse a história de cada um tão próxima para ser conversada, conhecida numa passada de um ao outro. Toto tomou como brinquedo de todo dia a aventura de se lançar do alto no rumo do rio.

Na segunda vez que desceu lá, num longo mergulho, não encontrou mais Sapiranga. Já, no dia seguinte, empolgado para fazer novo nado na tentativa de ver mais fundo e por mais tempo, ele observou os saltos de um sapo, seguidos por imagens dos peixes em livros de história e placas de venda na feira. Estrelas de areia tal como aquelas em águas tão distantes eram desenhadas na poeira das ruas por crianças (onde estava passando).

Os dias que se seguiram não apresentaram mais aquela cena, nenhum sapo passou por ali. De volta à pedra, ao lugar do seu salto, Toto pôde observar a longa distância do monte ao liso do verde escuro estendido pelas águas.

Garotos iguais a ele não paravam de saltar sem interesse a mais senão o de provocar um choque de corpo na água. Os garotos à sua volta eram menores, mais jovens. Toto se assustou, sentindo-se sozinho, a imaginar o que estava acontecendo com ele, o que ia fazer na cidade daqui a pouco.

Não pára de se lembrar de Sapiranga. (Estou que nem um sapo, ao acaso virei um? pousado aqui na pedra busco saltar outra vez, no fundo d'água ou numa volta repentina para a minha cidade)

Vai sendo deixado pela criançada, mas não sai dali como se fosse mirado pela noite já chegando, a mover bem devagarinho as folhas das árvores e a localização precisa do rio.

(Heleno pegou no sono, interrompi o que me lembro do conto de Toto, a vizinha já chega para se ocupar da casa enquanto nos preparamos para uma das primeiras festas DJ em Clube)

1992: Surgimento de Vazante

Respiração Loop – a voz e o ritmar de quem associa trechos diversos de som, mas intervala as fusões nos sulcos variáveis dos discos através – comentários lançados à audiência;

"Você está aqui, alguém não avistado antes, todo dia/ noite do dia próximo há alguém por conhecer. Um (inédito) ainda que existido até então, até se dar o cruzamento por essa fonte de música. Por onde eu estou apenas passando, nascedouro humano fora de todo controle"

1993-1995 – A dança como elemento/ departamento na agenda (logística) do urbanismo geopolitk

(Onde?) primeira viagem internacional

1997-2000 – Noite Capital China Ameaça Consenso Virtual da Globalidade; um assovio etno se torna hit (final de 1998)

2001-2005 – Da recém-surgida Kilamba à nova NovaYork (Teorias-Cidades e o relançamento da ambiência enquanto música)

2006-2009 – timbralismo mediterrâneo (em vez de regressões fundamentalistas, assomam épicas involuntárias de uma calçada a outra até terra batida; tribo milenar encontra transnacional nomadismo telemático)

2010-2011 – europa comum (instrumentistas de rua oferecem acordes à extrapolada convivência continental)

2012 – retorno à Península Ibérica – Atuante em câmara escura, um DJ acaba por estampar o próprio rosto à medida da voz sob espectro dub, dublada à exaustão por seus ouvintes e dançarinos, um homem qualquer ganha o proscênio

2013-2015 – Volume de entrevistas – Vazante vem a seguir à Página Lollipop dentro de uma exposição cronológica (Ed. Jan Grinberg)

Gravação das bases sonoras do primeiro disco em fins de 2016

Ida à Africa ex-colôniaport (escavação de petróleo moçambicano compõe

Foto do CD *L/Ele* ao lado de uma propagação vulcânica Cabo Verde *em primeiro plano)*

Clubs – retirada progressiva

O próximo disco – materiais para autobiorrelato (livro-de-si, súmulas em superposição).

Um CD de notas: SP como pouso no momento em que a metrópole perde seu plano urbano potencial – até mesmo os grafites vão desaparecendo – capaz de transformar a política básica, da vida do pedestre à existência magma de arteculturaciência, da água ao ar. À altura da pessoa do dia.

A menina retorna – Maori/ Zumbi
Feito o chamado repentino do desejo – Em busca sempre –
Após sinal reincidente corpo junto de corpo
Pelo fio-natureza e um fragmento-música
Ante as perdas do mundo

Como se ela viesse, mesmo eu nada querendo
(nenhum pensamento, não-música/
avesso de viagem)

Se há razão – ramal que seja – desejo-a (maori, menina)
Desejo (a) – confluída cantiga, uma
Decantação das distâncias
Atrativo Impossível Reincidido
(anti-turismo)

Menina Maori cantarola sem mais paisagem
Murmúrio ritmado para si, rama a rama
Da flor que a carrega onde for
Onde existir compasso/ voz em puro treino
Ao ar da balsa Neo Z Land – Tribo em desaparecimento –

Por isso mesmo ela lança enquanto canta
A flor nas águas
Desprovê fim e origem
Desenlaça
De novo – Para além/ para ficar aqui nenhum fecho
Nenhum antes Nada adstrito à própria memória,
Ou história a se reviver –
Menina Maori sobe à superfície
De qualquer lugar
– É o próprio instante (de qualquer
Um que se põe a entoar) "Eu desejo como nunca/ nunca mais
A menina maori confluída com sua voz pequenina,

Cantarolado contínuo – Não se separa mais de nada meu breve momento vivo"

Ele, Dario. prevê e anota como dado futuro pronto para ser lançado logo mais:

noite da pós-história e sua fábula automática advinda da música,

é o que se lê à margem de um caderno preto grande típico de livro de ata em um condomínio, por exemplo.

Ele, Delano, introduz a partir do material coletado no apartamento do DJ Vazante uma tradução atualizada do Diário Download, concebido na passagem para a adolescência.

A caminho da maioridade, a ser obtida dentro de poucos meses, projeta o que entende agora como livro de pesquisa o estudo dos sinais surgidos no compasso da pessoa que sumariza a existência de cada dia. (Matéria-de-observação). Toma como base um trecho de voz gravado por seu objeto de análise (acessível em acervo deixado talvez para alguém exatamente como ele, Delano Diaféria) –

Por vezes indagações acerca da circunstância compartilhada dentro de um clube: tese dançante//conhecimento impulsivo que vem do rito trazido por efeitos sobre o momento único – um DJ respira num só sopro e diz "você está aqui, alguém não avistado antes, todo dia/noite do dia dentro/fora da fonte eletrônica, nascedouro humano"

Abrem-se trilhas nos papéis e sons compactados por Dario/Vazante em paridade com a Mega Essepê, duramente montada no concreto, ideal ao skate – com o detalhe crucial, contudo, de que não posso atuar ao longo de uma vida a operar o brinquedo escolhido por meu pai. A ocupação encontrada para mim – evoluções no giro da nossa cidade – enquanto Horácio Diaféria escrevia tese (e punha, num só movimento, a examinar sua experiência especulativa com os jogos mais novos das crianças em coleção no passar do tempo através da filosofia). Hoje, o autor do livro nada comenta sobre filosofia ou cidade, depois de publicado (descansado do esforço da tese escrita em dois verões esfolantes por baixo de céu cinza). Tornou-se um personagem dos restaurantes do Centro Velho e conversa sem parar com quem vai chegando à sua roda sobre as questões da hora. Não sai mais dali. (Assusto-me, no meu caso, com o fato de eu transitar apenas entre apartamentos e arquivos, entre pastas/pautas/projetos no rumo da Avenida Angélica, Ruas Capote Valente e Pedroso, onde resido, gostando de permanecer em silêncio dentro de meu quarto pequeno, fixado no livro que começa gradativamente a surgir de repente, bem daqui).

Câmara escura – ponto de lançamento –, assim é que vejo meu ingresso diário nos domínios do dono da casa tão onipresentemente situado na versão engatilhada a cada contato com os materiais. Ao saber da pesquisa em torno de um músico eletrônico, recém-falecido, tendo eu acesso ao seu acervo, pai chegou a me sugerir uma passada por RUA DE MÃO ÚNICA ("leitura indispensável" ele frisa). Como se me guiasse novamente ao seu livro proliferando-se em incontáveis exemplares enfileirados na estante frontal à nossa chegada na residência comum, tão logo se abre a porta.

Avanço para a região em que a câmara/casa/estúdio converge com a hora da noite a imprimir seu clarão reverso – faixas quase escuras sublinhadas de opala (luz pública antecipada) sobre as coisas e seus próximos pertences. Parece que perco a fronteira entre mim e a visita ao pesquisado, DJ (o rastro de pensamento vindo, também, de H. Diaféria). Nessa última hora do dia, chego a encontrar notas excedentes (dou, então, eu mesmo, o termo) relacionadas a atividades mínimas, operacionais. Retorno ao chamado do celular – Flamínio Beija Corpo Inteiro

Tanto quanto um riscado único se grafa a respeito de coca se usa da forma como o sal cai dentro de um vidro reciclado de cozinha,

Mas não é isso a busca em que me engolfo, com o cuidado de passar a chave de volta para Marcianita – Negra Marciana, plugagem étnica em desbravamento (pude ler na borda de um semi-diário de seu começo na discotecagem). Foi esse o trato: a cada visita ao prédio em Pinheiros, devo regressar, no fim da jornada, à Avenida Angélica para a "entrega das chaves" e uma conversa sobre tudo o que se passou (a cada dia, no apartamento do fim de vida do DJ).

O que se passou no dia. Um reportar-se incessante a: Dia destacado, em separado da ordenação de um calendário, agenda à procura de data.

Nunca se precisou tanto da música para ser integrada informação dispersa, à distância – Pois une e materializa Digital World (desfuncionaliza os lugares centrais ocupados por globo em uníssono e tecnotrônicos modos de vida).

Download quer dizer: Na linha do dia, a mais pedestre, física, imediatamente dada por fora do arsenal/aparelhagem de que cada um busca estar constituído, estar em plena presença/pertença.

Leio este trecho para Marcianita, sem que explique se vem da própria mão do DJ em escrita ou se acoplei de pura vontade ao ditado lançado por mim de visita a visita ao Paramount (depois do corte ao Álbum-Terraço).

Ela, a guardiã de coisas da música, em nome de um homem, me agradece e, dessa vez, passa as chaves para o dia seguinte. Não sendo preciso que eu volte ali, na Avenida, no ap-museu onde ela se insere no interior de um quarto forrado de branco (acaba por mostrar o "recanto, descanso").

– Já que você veio tarde hoje – sinal de trabalho pesado –, vou deixar as chaves em suas mãos. Seu estudo não pode sofrer atraso. E, também, me preocupa o que será daquele imóvel na visão do advogado. É um favor para mim, sabe? Não deixa de ser uma organização a sua pesquisa. Mais uma vez lhe peço que faça contato com tudo que está contido ali (para uma possível mudança de coisas e de lugar).

As chaves estão nas minhas mãos. Dessa vez, porém, não quero regressar ao local. Da Avenida Angélica ganho o rumo da Caio Prado. Na quitinete de Madô, estará Apache, além dela. Os dois ao mesmo tempo. Estamos engatados em algo quente capaz de cerzir – algo costurado, sim, na pele (à altura de nossas muitas tatuagens em mirada cada vez mais próxima, um abismo das figuras sobre os órgãos) – um entendimento sem muitas palavras e encontros, nenhuma combinação prévia. O porteiro, de novo, faz de conta que não me conhece. Sou obrigado sempre a repetir quem sou por mais que Madô tenha solicitado minha entrada sem necessidade de consulta, nada de aviso por toques interfônicos. Minha liberdade ao lado de Apache e Madô sofre um entrave justamente no cruzamento desse portal, por força de um sujeito chamado Barroso. Enfatizo "Barroso" ao cumprimentá-lo na entrada e na saída. Torno-o íntimo. Um dia, ele me detém para que eu faça a leitura de uma carta vinda de longe. "Tem gente com interesse em enviar correspondência para alguém nos dias de hoje ainda. Não consigo entender a letra, às vezes sai da linha, foi escrita por uma mulher deixada pra trás, na minha cidade natal, não tenha receio, fale tudo. Ela diz que vem morar aqui, é isso?".

Quando for preciso ficar até mais tarde no apartamento não precisa me trazer as chaves de volta no mesmo dia. Isso não vai durar sempre. O advogado começou a preparar o inventário e acha importante esvaziar o imóvel para avaliação e venda. O que existe lá passará a fazer parte de um só arquivo.

Vai ser, então, aqui a continuação da pesquisa da história do DJ Dario, Delano.

O instrumental que sai da voz e surpreende a mim mesmo como se fosse de outro depois de escapar para o ar (escandido, estranhado a si mesmo) a apontar para o mais novo cantor – para quem acaba de emitir uma melodia qualquer – último DJ

Não sei porque – certamente, para apresentar algum fruto dos dias trancado no acervo/apartamento – mostro a anotação com a letra de Dario. Algo destacado de um conjunto de materiais, sem que haja da minha parte nenhum exemplo adicional a ser exposto. Ela lê silenciosa e vagarosamente. Depois devolve-me a folha de papel bem pequenina.

Fica a aguardar algum comentário vindo de mim. Como nada falo depois de quase um minuto de olhos pousados uns sobre os outros, Marcianita se levanta para buscar a janela. Diante daquele retângulo reduzido aberto para um pátio de apartamentos, mantém-se por muitos minutos. Não se preocupa com o fato de me dar as costas. Entenda-se sua trégua involuntária do contato em curso desenrolado entre nós como um toque para a minha retirada. Entendida, também, está a combinação de que posso partir com as chaves da residência onde morou um DJ um dia (quase nunca às noites), tão minúscula quanto esta (composta por arquivos, mulher e retângulo em retalho de janela).

Barroso se lança a uma confissão ofegante, breve que acaba sendo, no jato de minha passagem pelo hall. "Ela virá. Estou à espera.

Desde há algum tempo, fiquei compondo uma paisagem para minhas noites vazias de vigilância aqui no prédio: uma companhia ao acaso a se encontrar comigo. No sono muito curto surgido num repente e o controle da câmera interna do edifício (a cada passada na rua), aguardo alguém nunca visto antes, habitante desta capital enorme.

A surpresa é que vem, em poucos dias, a mulher que mais conheço nessa vida, da cidade natal, do tempo em que vagava, sem nenhuma função, ao ar livre".

Confessa-se a um ponto engatado em informações adicionais a cada mínima conversa que temos. Um embalo capaz de me fazer falta a cada ciclo existente e percorrido dentro de um mesmo dia (em respiração ofegante, o acaso das horas), juntamente com a frequência ao quarto partilhado com Madô e Apache 8 pisos acima. Por uma conta acrescida, ininterrupta, vinda da voz e da vida do porteiro.

Dá para notar a tendência da acoplagem para o gozo em 2 – entre Apache e Madô, bem no ápice de nossa nudez conjunta. Talvez pelo dado de serem amigos há mais tempo, desde a escola. Demoraram muito a ficar um com o outro, até se decidirem pelo que chamam de sexo.

Quando entrei na casa – a kitch forrada com obras-de-arte ilustradas e raras mais armações de tendas vaporosas, lenços, panos pintados handcraft de feiras especiais pelas mãos de Aloisio Abas (Apache), há sua assinatura pelas 3 dependências da morada – fui me tornando o visitante indispensável à nuance de um amor em aberto. Capaz de fazer pacto, entretanto, com o abismo de sua tripartição, no pico da ameaça da memória esfacelada de um casal, na soma de infância e do amor a ser assegurado depois de 3 só pode haver 2, nenhum um, nem a mais nem para menos.

Então eu entro em busca de um suplemento aos corpos enlaçados pelo halo de esperma, a mão de um deles me toca. Alisa-me os cabelos, na tentativa de completar o jorro vindo de um pau tonto como se jamais fosse meu próprio, apenas um pertence em partilha. Refém, fico desse toque final provindo de um casal encerrado em si, dotado, contudo, do poder de aproximação e acolhimento (o mais livre, sem que se desmanche a cena conjugal).

– Nós só podemos dizer nós quando fazemos amor com você do lado. (Madô e Apache falam juntos, como que no mesmo tempo)

Fico com a frase, que me eriça, mas meu corpo não completa. Racha-se cada palavra quando os dois voltam a completar a conversa com impulso de confissão: "nós só podemos dizer, fazer amor, com você lado a lado (de mim, Madô Apache)".

Varia o modo de se comunicar nosso elo em função de um desajuste na base. Inexiste o fator do substituto a ser extraído de mim, porque apenas vibra uma correlação. Ingressei, desde o início, bem no meio do embalo de dupla disponível à emergência de um gozo rolado há muito tempo – no instante posterior ao toque originário de um par a conceder interesse à linha nervosa (ouriço em caça do seu avesso) de um outro extensivo, aberto à continuidade de novo jogo em explosão até unir a tríade acalentada num longo abraço.

O gozo do casal não cabe em si e busca engate no mundo, um correlato corpo excluído, expandido de si. Enquanto um o um não pode ser o uno.

Não quero sair do local distante onde já me encontro, mesmo instalado numa possível rede situável no Centro paulistano. Desvio-me da passagem do hall do porteiro Barroso – confissão agora incrustada ao seu serviço – para os belos desdobramentos da vida em família segundo um casal depois de toda família.

Bem tarde, já, para lá do horário de passar a chave na porta do apartamento em Pinheiros, estanco lá dentro. Envolvido fico pelo piso em falso da autoproteção, arredio à pessoa enrodilhada a sair dos abraços do casal Madô-Apache. Sem que eu, também, declare qualquer satisfação por um afastamento solitário daquele duo de corpos perfeitos cegamente à procura do meu (beijos por todas as partes a cada partida, na excitação, com um corte pelo meio até que no fim eu venha emergindo para cair entre os dois). Não consigo avançar da porta. A posse do chaveado da moradia alheia (no momento, desocupada, rua Capote Valente) parece-me ser o que impede meu interesse em sair dali.

Volto a ouvir o único cd gravado por ele – objeto de culto impulsionado pela empresa Dave Wellek, por força, contudo, do registro linha a linha de um tempo em testemunho ao fio fino do homem Dario Amarante Vaz, em desafio de tudo querer compactar de uma só – há tanto adiada – vez. Meu gesto direto a cada frase – ou timbre, como o operador-de-música gostava de definir sua busca noturna de motivos vindos dos vivos em dança e dos acasos da tecnomáquina – se dá na ordenação em pauta de um livro a surgir do intuito de índice:

Plataforma de Lançamento

Plano da História (Som)

Homem em Pauta

Poiesis Planetária

Em cada capítulo, sua trilha pela noite, numa execução atenta à sinfonia de alguma ordem a ser captada a cada hora.

(Na verdade, ele nunca abandonou a perspectiva do seu quarto, montado como base, cápsula, câmara-de-som,

Surpreendente, sempre para ele, DJ V, é notar como pôde fazer dessa separação central um modo de estar junto a um número impensável de gente)

Rêverie/Rotações de um Solitário Operante-de-Som

Rave Interdita

"Você" vai se deitar na cama de um morto? Caso fique aqui por toda a noite. Você?

Impossível para Delano deixar de esquecer que já conviveu com o quarto de um morto – o irmão. Embora se tratasse de um cômodo também seu, com o fim do câncer raro, prematuro, alastrado sobre Homero, ali passou a ser o último lugar do filho mais velho – um adolescente – de Horácio Diaféria. Até que se tornasse único (ao lado do pai, viúvo, já, do casamento com uma prima), seu crescimento teve de passar por noite sobre noite de insônia. Muito cedo, logo no início da infância, teve de ativar uma vizinhança tão impossível quanto indesejada: a história de Homero após a morte confundida com o que há-de-vir para ele mesmo, de um a outro beliche mais acima. Dormir é adivinhar os sinais de morte passados sem mensagem, nem texto final, por cima de quem está mais perto. (Nem a morte sabe de si, não há rosto, ninguém sabe, nunca se mostra, só alastramento sem escolher um rosto em definitivo, vai e passa, privada de alvo, até o sono se enraizar na história de qualquer alguém).

"Deitar-se na cama de um morto?"

"Não querer a acolhida cópula de casal" (fuga da tentativa de surpreender uma vez mais a dupla formada, Madô Apache, tentada por oscilações ao alcance da cama). "Não querer" o nicho, núcleo de abrigo, composto por um casal sobre a cama.

Não-retorno – ao foco dual criado entre as margens da história intraduzível de uma vida no interior de uma cidade desmesurada a faiscar – mais ao Centro,

Viver uma noite se resume em desmontar a dor associada à passagem pelo silêncio, pelo afastamento das pessoas presentes ao longo de sua dissolução em vozes escutadas com especial ressonância, a essa hora vacante, estendida, exposta apenas para um (não deitar-se sobre o lugar de repouso)

(Encontro nos papéis de Dario, quando não em seus *offs* de confissão voluntária arquivados em mp3, 4, a pista do que eu mesmo penso e passo a seguir)

Laureana – Não, não darei a ela novamente o nome já firmado como Lollipop –, porque só assim posso conhecê-la.

Na faixa do fim, Lolli assovia mensagem até então encriptada pelo embalo experimental de uma artesã das matrizes sonoras. Como se estivesse imune a qualquer moldagem de época (uma Era Eletrônica como essa, reiterada sobre um agora já em diluição).

Assovia por cima do "Hit-Assovio", o único até agora pelo qual sou conhecido.

Busca recuperar, então, sua assinatura primitiva. Através dos balbucios do bebê Heleno, em registro, e das cantigas básicas treinadas ao lado da criança, compõe um assovio eminentemente técnico. Entretanto, capaz de me atingir no outro extremo da música, de seu timing reiterado, infindável, confundido com a própria passagem do tempo.

Quando faço homenagem a ela em meu primeiro CD (único até o presente) percebo o assovio em paródia (no rolar da história) já prenunciado na madrugada em que perdi o rastro de Cricket. Só pude ouvir o chamado abismal do vagamundo, companheiro do mago malabarista inglês, a indicar o esvaziamento de mim e da música. Em assovio, até a desaparição.

Qualquer profecia já está no ar, se dá a ver no instante estalado entre palavras e silêncio. Entre as pessoas e o que há em volta, corpo, ambiente, voz (retorna à própria voz de alguém em algum lugar, por um momento).

Depois de muito tempo, a dobrada faixa de SEIXO faz recuperar a matricial marca Lollipop. Escancaradamente extraída de mim, no fim do disco, da história sem fecho, todavia com gosto de final/moral, apaga a ideia de sucesso criada por mim –

A melô-assovio, associada à marcha do hino da China tornando-se a Capital do Ocidente ao extremo do mundo visível.

BEIJING OVER NIGHT SUNS se mostra como cópia a ser decomposta e depois varrida no desenrolar das gravitações de SEIXO.

A Melô-do-Assovio, expropriada da marcha da China, retira a ideia (Hit) de minhas mãos.

Hit é gravitação contínua. Não ultrapassa o ato de percorrer, até compactar, uma vida em intervalos/instantes de música alheia, aleatória, como se tratasse da clave mais íntima.

Corro para meu tablet eletrizado pela informação a respeito de Lollipop, algo ainda não vinculado a tudo que sei sobre Vazante. O tablete passa tudo à minha frente e me faz ler: do Acervo Vazante ao Femina Festival.

Com início em Hamburgo, passando depois para Bolonha, Bruxelas, até se encerrar em Brasília. Lollipop se junta a mulheres DJs – entre as quais, a festejada berlinense Ellen Allien – e lança seu segundo disco.

Ínsita
FEMINA FEST
Artesã em Alto Relevo – pontuam os tags
Erigem a legenda

Na entrevista reproduzida pelo Sítio-(Site)-Femina, Lollipop – não mais nomeada como Laureana de Fraga, de acordo com seu desejo de reestabelecimento das fontes do som eletrônico, sua história remissiva, enfaticamente cultural – faz menção ao filho, companheiro de backstage. A instrumentista nada mais comenta sobre seu espaço privado, passando a detalhar cada uma das composições do mais novo disco.

Entretenho-me a olhar por um longo tempo o rosto, a silhueta, as palavras e as melodias divulgadas em streaming do EP Ínsita.

Mostra-se indispensável a releitura de sua entrevista conduzida por Jan Grinberg. Na mesma tacada, retornarei ao depoimento do DJ, dono da festa e da casa em que passo horas de uma imperceptível madrugada de céu seco e falta d'água na maior metrópole nacional latina à América dos mundos.

Com a notícia da morte de Dario, lida num tablóide Fim-de-Semana Cultura, Heleno revelou para sua mãe não ter esquecido as histórias narradas à noite por um breve tempo de vida em comum. Em especial, o conto em torno de Sapiranga. Guardou o nome do lugar ocupado pela fábula, assim como a estada da vizinha Carmencita (ele detém a memória como poder) em guarda do seu sono após a partida do jovem casal para o primeiro show eletrônico internacional, tendo um DJ como foco.

(Heleno não pára de pensar nas réstias retidas por ele acerca do que se passou, ocupado com o ajuste da fiação do show materno FESTFEMINA)

Agora Lollipop, instalada na cena dos clubes (os domínios da Eletrônica), vê-se em consagração mundial – a palavra "universal" está banida do seu repertório (ela só pode esplender onde se torna visível e, por esse motivo, não pára de viajar a todo instante, com ou sem convite). Em consagração, beija muitos, fica à espera de alguém para recompor sua história – uma biografia fotografável em Vila Nova de Gaia (sua visão espoca junto com o assédio de repórteres e pesquisadores há pouco entrados na maioridade). Um dos rapazes presentes na coletiva chama especial atenção, bem dentro do seu feeling para uma conversa demorada. Sendo assim, ela lhe concede uma entrevista mais longa.

Por que deixa se repetir o mesmo processo, momento partilhado com um homem muito jovem a colher seu depoimento (à maneira do rapaz responsável por FILA FANZINE)?

Justo o mais novo aspirante à música – como Erland Neumann mesmo confessa para Lollipop acerca de um constante convívio com a guitarra, simultaneamente à atuação na imprensa – está na mira de seu contato. Ela se atira.

UM OUTRO CICLO SE INAUGURA NO *FEMINA FEST* –
O MAIS NOVO FIM DA ERA DJ

Os locutores do evento espalham a inédita bela balada ao término da apresentação de um bando de mulheres regidas por Lollipop. Fazem retinir suas vozes por muitas vezes até que o slogan venha a ser a mais íntima senha da passagem por toda uma época. Tremor elétrico de um sonoro fragmento sobre corpos ao vivo.

O CÍRCULO JÁ PERCORRIDO PELO LOVE PARADE dá lugar a PORTAL-DO-VERÃO (ARDE APENAS AGORA, TUDO É FEITO PARA ESSE INSTANTE APENAS). PASSA POR SUA VEZ/CADA ROTAÇÃO pela guerra disseminante quase invisível entre continentes/contingentes sob batida anunciada VIDA E MORTE DJ CICLO

Esse instante tem endereçamento: à crise em vários quadrantes da Comunidade Global em uníssono (Da Eurásia ao Desmonte Brasil Continente).

A Arte-do-Som exibe Alta Projeção Electro. Revela-se, a um só tempo, como antídoto e ancoragem de uma Cultura-Mundo

Como se o pressentido fim de certa música reengatasse a confrontação com seu mais novo começo.

Sob o signo de um outro passe, de um recém-surgido modo de nomear e recombinar nomes e instâncias da história, o som reincidente mais que incidental, pulsa do ponto onde sempre esteve, invisível, interpelante. O jovem entrevistador reflete em silêncio, enquanto aguarda o despertar de Lollipop na cama que dividem no hotel hamburguês.

Num repente, Erland Neumann tem a sensação de compartilhar há muito tempo uma vida em comum com a DJ pioneira, nesse limiar de gozo renovado, madrugada pelo meio, até a manhã de um reiterado casamento (a ser comunicado logo a todos os participantes do Festival).

"SHE'S A SLEEPLESS BABY, SHE CHANNELS THE HOWL OF ANCIENT PLUMBING it's a sound that normally signifies pain or urgent trouble, but Lollipop stays calm and her sound doesn't hold that meaning. WHEN SHE STOPS, IT'S OVER (O repórter-comentarista do Femina Fest volta a adormecer).

São para destrinchar, por muitas horas, em envio à vaga de tempo engolfada pela aparente indeterminação da noite, os dados sobre o casal Lollipop e Vazante. O que não pensei até o momento ocupa a atividade capaz de sustentar minha permanência dentro do ap vazio.

Alguns papéis ficam à mão enquanto me recosto no estrado ao nível do chão, possivelmente um oco de lugar não reservado ao sono, favorável a intervalos de criação de música e das notas que tenho lido. Exatamente essas, escritas na moradia final de Dario enquanto DJ.

É agora: de uma vez só –

(O chamado do Portal-do-Verão reproduzido no site retine um cromatismo do qual o rosto de Lollipop não se aparta, fotografado na dimensão de todo quadrante da tela).

Por uma só vez ocorreu a *rave* interdita (título de um dos capítulos do livro em projeção a partir da visitação intensa à rua Capote Valente) a mim, à altura dos 9 anos de idade.

(Eu queria invadir aquela noite quando rumei para casa sob os cuidados de Nato Rolim, embalado naquele minuto com os takes de uma São Paulo quase em trevas, sob minguada luz-de-mercúrio muito próxima dos filmes de Candeias). Devassar o terraço e depois o apartamento onde residia Vazante na crista de sua aparição com o rosto sem barba, antes encoberto pelo giro (luz negra/cabine) das frases tornadas timbres mecânicos.

O estrado onde me deito não comporta o sono agitado que começo a pressentir. Sou, assim, acompanhado pelo que acabo de escrever e por textos diversos assinados Dario (bilhetes, cartões rasurados, rascunhos a lápis, capas de vinis riscadas por estilhaço esterográfico). Rumo, na cega, para a cama. Não há mais onde buscar repouso.

Ficou para trás o colchão cercado por véus no centro do quarto Madô-Apache. Oscilei por ali até o alcance do foco *rave* interdita. Tão longe, também, me encontro da residência concecebida para um livro, segundo pai, tese exemplar ou exemplares em ocupação do espaço de uma pequena família de dois, tão-somente.

Estar aqui é uma violação? Sou uma espécie de invasor convidado, isto sim. Não é todo invasor um convidado a cada vez? Sempre avassala o efeito do corpo como o elemento mais estranho. Violação. Não.

A cama está forrada de cambraia branca – Marcianita passou por aqui –, mas que eu não me engane sobre suor em silhueta no eixo de meu repouso, sono sinuoso de quem morreu ao acalanto efeito-eco de música ultramediada, à distância de clubes hiperpopulosos. DJs são produtos sintetizados. Não chegam a ser mais do que: o revérbero de desaparições e ressurgimentos (Kosmo, programador/musicista albanês, depôs, em desafio de seu próprio lugar no "mondo" Clube-Cidade, durante a entrevista dada a Jan Grinberg).

Títeres da noite transcultural globalizada – não há galáxia possível para enlaces recém-surgidos sons – Seres de curta duração.

É que o projeto Álbum-Terraço durou uma noite apenas.

Os portais do último andar do Paramount Panorama se encerram – não consigo me mover daqui. Quanto mais se oferecem as comportas do ar livre por toda a cidade e seus habitantes reais vindos como que pontos-de-luz dos lados mais diferentes do Terraço aberto para um álbum (volante que seja).

Sou um remanescente da festa para a qual não fui convidado, embora integrado (há fotos tiradas de mim) à Exposição-Filosofia de Érico Feital (uma caminhada sem trégua até o Café Redemunho expandida em reunião na Cobertura de Carlucha Camargo Fotógrafa). Impedido que estive de entrar aqui por força da pouca idade, não tenho vontade de partir do estúdio transformado dia após dia em acervo móvel.

Porque a partir da noite em réstia, impossível de se exaurir sob a forma de sonho, começo a escrever. No verso dos papéis, começam a se listar os itens constantes do inventário possível ao arquivo único, a ser preservado pela dama-de-companhia, irmã-de-criação, interlocutora infindável, desde sempre, de uma família desfeita, até o fim do DJ Dario Amarante Vaz/Vazante. Marcianita.

Atravessar o frio – Dormir é sempre experiência de solidão e se entende como "atravessar o frio" (vem a voz bem interna, legada por ninguém, não ancorada em sono-sonho).

Seus textos vocalizados (desprovidos de música) fazem interpelação quando mais me abismo na possibilidade do sono (atento à respiração apreendida sobre skate).

"Apenas deslizar pelo invisível desfiladeiro da cidade quando a metamegalópole se aplana, até ser concentradamente rumor.

Na escuta centrada de pedra, tábua e minha silhueta skater a se alongar em sombra não coincidente com eu/extrato de prédica//palavras-do-fim deixam de rumar à moral consagradora de um exercício, nenhum início (muito ruído, desde sempre).

Atravessar, no claro limite acentuado pela noite, o apartamento resumido para uma investigação entre homem, música, máquina e tempo

Deitar às cegas na cama do morto como se nada disso dissesse respeito a mim, nem mesmo a ele – evocação física, tremor espectral que sejam, combinados ao infinito.

Há um ponto vazio que só eu mesmo preencho e trata de alguém a morrer".

Passa a não existir falecimento no abstrato, senão por resíduos indisfarçáveis de porra salpicados no colchão, suor de sovaco, lasca diminuída de unha a se retorcer por cima do carpete, dentro da câmara onde pontilha no alto da noite uma forma de não-música fluente, capaz de me guiar. Não é "metafísica do silêncio" (pai reluta no interior de seu livro a desfazer Jogo/Montagem do Pensamento Ocidente).

A partir daqui, o homem subsistente em pesquisa vaza no meu sono. Não é sonho. Fico nessa casa restrita, feita apenas para um, para não dormir, precisamente.

Ocupo um papel de vigilante (tal como reza a letra torta na escuridão de mais um dia de controle e espera amorosa vivida pelo Porteiro Barroso)?

Atravessar o frio –

Mesmo quando não há frio (simplesmente o leve avesso da única estação brasileira, calor do universo-caos, com pequenas variáveis de brisa, no instante do sono mais distraído do todo alguém).

As emissões de Lollipop em Bruxelas chegam pela Rádio (pareço herdar memórias e passagens urgentes da única mulher de Vazante, no correr da noite bem funda destituída das paisagens de um conto infantil prematuramente emitido pela boca de um até outra).

É o fim da Troika, alguns sussurram. O Festival Femina vem exatamente comemorar a atuação da Grécia a se estender pela Península. Bem isso, a DJ histórica, primeira, toca, canta e incita. Estação do início do fim de uma Era no compasso do mais recente revestimento das tecnologias digitais/Gif ou Gift ao Feminino

(Sobre uma febre – ondulação – streaming em tempo real, profere Dave Wellek em seu programa radiofônico, empresariado para captar e capitalizar a outra face da disco-club, depois de décadas de história à volta de dinossauros DJs feitos frontmen do mundo multimediático)

Atravessar o horror – estampado por rosto nenhum, vindo daí o atribuível juízo em abissal interrogatório feito exclusivamente em nome daquele um segregado no silêncio –, dissolvido de companhia e ação diurna, contínua

Entre sono e sonho (sem resolução) –

como é possível ler em papel quadriculado escolar, Dario, antes da adolescência, ia em busca do anteparo e radar composto num só compacto pelo primitivo rádio de pilha,

um locutor das horas mortas o ampara na rede a se esgarçar através/sucessão de uma a outra faixa reproduzida, livremente por força do horário vazio, traçado quase em anonimato, ao gosto do ouvinte programador Canções Inesquecíveis Desaparecidas de todos os gêneros, de todos os tempos Rádio Metropolitana do Rio, "Mundo Cão", na voz de Erasmo

Companheiro, seu mundo perfeito não foi feito/Que diria o criador se aqui chegasse e não entrasse/Nesse mundo cão/Eu não fico não/Quando você não morre dormindo/Pode ir se despedindo/Sua festa já acabou e você não brincou/Nesse mundo cão/Eu não fico não

(A criança já ressona, o rádio não se desliga)

Para onde vai a música – Em sua primeira chamada, o programa apresentado todos os dias (aqui na Radio Volt) teve como mote uma hora de lançamentos *all over* –

Do mundo cada vez mais ouvido/ visto de perto (não importando mais distâncias, nem diferenças no tempo) – Novidades disponíveis apenas na linha-da-rede, nos variados formatos, em registros diretos inesperados.

Agora o sinal de interrogação reaparece para um percurso pelo período final do dia – Para onde? –

Quando o horário de *rush*, substituído cotidianamente pela *happy hour*, abre uma duração imprevista ao contato com o que está acontecendo só agora (diversos cantos em emergência). E, no mesmo segundo, reencontra canções não recepcionadas inteiramente, perdidas no que se sucede do dia ao *dial* de uma rádio.

Um dos pontos vivos de *Músicas de Agora: Pessoas do Dia* está em relacionar a escuta dos ouvintes em seus móbiles pockets aparelhos (nos espaços de trânsito ou permanência ativa) com o que eu chamo de estudo acerca de como Fazer um *Hit*,

Repensar, sem perda do ritmo da dança, o que se reitera e incide no lugar ocupado pelos sucessos da hora do rush, convertidos à festa do fim do expediente em comemorações reconhecíveis.

Em pauta e no palco da nossa rotação: o intempestivo instante de relançamento ou surgimento da *música que só está tocando agora.* Mesmo sendo anterior, a mais remota, ressurge tal como um hino da vida íntima, um entrecho *etno* prontamente incorporado, a banda sem título feita bem próxima da sua casa onde todos estamos no movimento da escuta

Festejo Dongo – Cornelius Cardew Inédito – Especial Tite de Lemos –

.... ;;;;

O próximo disco da DJ LOLLIPOP. numa prévia de seu *Trend Femina Timbre.*

Aguardo mensagens

E agendamentos de play list para amanhã, Bom fim de dia (a todos)

O QUE SE CONSEGUE FAZER em 60 minutos de frescor, no futuro?

(radiovoltz.com
Programação e Locução: Delta)

"Seu nome é Delano Diaféria". Debate-se com o sobrenome paterno depois que retoma o chamamento de rua, retornado nesse instante em vocais diários pela WebRadio Voltz: Delta!

Horácio Diaféria, ele mesmo, é quem manifesta sua oposição ao ressurgido codinome de skatista, tendo-se no horizonte do filho a escrita do livro sobre o DJ falecido há quase 2 anos.

Ainda mais quando pensa – e fala com Delano na parte externa de um café do Centro – nos artigos constantes do projeto Álbum Vazante (Trilha DJ) publicados em sites e, também, revistas universitárias nas quais o estudioso atua como membro-de-comissão. "Seu nome é Delano Diaféria.

Uma tese tornada livro, questão central de um homem, coroa toda uma vida. Benjamim no Brasil. Bem por esta razão transformei os anos que rumavam para a aposentadoria em um sentido final. Jogo/Montagem (Editora Passatempo). Você pode ver, Delano. Todos me procuram por conta da minha documentação da História, da Cidade, de uma verdadeira filosofia que agora testemunho – e não posso sair mais daqui – na rua".

Juntamente com Dave Wellek, responsável por seu contrato na emissora radiofônica on-line, Horácio Diaféria está procurando uma editora adequada à edição do livro-álbum, pelo qual o "jovem pesquisador" (o pai-de-família sempre apresenta aos amigos de happy-center hours o filho único) recebeu um adiantamento. Delano Diaféria agora tem hora. Pois cuida da própria casa e da agenda planejada à distância com Dave, o empresário entusiasmado pela propagação das Culturas do Som em seu ritmo desdobrado de produções.

Para lá de qualquer fechamento de ciclo, uma entidade nomeada como Electro Spectrum rege negócios, festas e a inquietação infindável de quem faz música. E se indaga, a cada microssegundo, sobre o que se passa, de um a outro tempo (sem mais notícia a não ser superposição sonora acoplada ao gesto/pensamento). Sem deixar de viver (mas sem respirar) – uma música atrás de outra/outro momento já (Delta pensa entre o livro e a rádio-web).

Nas reuniões com Wellek, o mais jovem locutor reluta com o espectro de exortações à volta – Essa história de DJ já está morta. À altura de uma era exaurida, levada pelo tempo, extinta. DJ não é mais que um mestre-de-cerimônias em festas/panos-de-fundo do muito conhecido e por surgir como irrecusável reciclagem.

O DJ está desde sempre morto. Incógnito, dentro de uma cápsula. Ou por demais fotografado para pontuar sua condição estrita de pura passagem. Fusiona-se com a noite (fenômeno/féerie, esgotamento/ estiramento, reverso musicado de qualquer imagem/palavra) *Invisível, mecânico, concentrado em câmara de vida/morte das coisas – através do som. À volta de máquina/mundo, para além de um homem (do nome da música).*

Não é um homem que está tocando. Ouve-se apenas a voragem dos fatos ao redor (tudo o que se compacta como não-música), dados velozes que passam pelos dedos de um mero, autômato, executante.

Despede-se do pai, instalado no café da Avenida São Luis com os amigos e desconhecidos que chegam na virada da tarde/noite. Já está de partida. Não longe dali, subindo a Consolação, Marcianita o aguarda para uma visita e, também, uma sugestão ordenadora do arquivo final de Vazante reunido no apartamento da Av. Angélica.

"Você poderia se apresentar em seu próprio programa diário como o autor do ensaio acerca do DJ. Ficam, assim, conciliados o locutor Delta e seu lugar por trás como investigador, tendo como nome Delano Diaféria." (O pai não pára de pontuar). Quando o livro sair, vai valer a pena essa revelação extra. Músicas de Agora o tornará ainda mais conhecido

Músicas de Agora: Pessoas do Dia

De repente desponta a tese DEVOLVER A CIDADE PARA OS SEUS CAMINHANTES, à nova noção de ambiente, autogovernança e política real cotidiana. *Em seu programa de rádio, Delta se empenha em salvar o Parque Skate, violado pela especulação imobiliária em linha reta vertical. Ao mesmo tempo em que insurgentes conglomerados se formam enquanto dá vazão à voz pela emissora virtual.*

ASSOCIAÇÃO MOBILIDADE A PÉ

//Dar ênfase no tempo semafórico em relação ao tempo de quem anda

/Não deixar de noticiar a figura dos pedestres em diferentes planos –
O que mais falta faz é contexto

Faixas para os meros passantes

Convocar reuniões, itens em pauta – a cidade é um eixo
Dos modos de habitar uma época precisa, quanto mais são
Multiplicados os campos do conhecimento possíveis
A um lugar num só momento – entre multidões representadas
À distância por dispositivos tecnos
E as nascentes formas de vida a céu aberto

SINALIZAÇÕES – NOTAS – ATRAVESSAMENTOS
Prioridade para as pessoas visíveis em movimento à luz da rua

À volta das "bases legais para os caminhantes,

Concluímos com a necessidade de transformar a cidade-zoológico em cidade natural para os animais seres humanos que nela habitam e andam" *(Notícia e Música ao Vivo Voltz On-line Radio)*

Paralelamente à declaração de vida dada diariamente à radiofonia, o livro vai sendo esquadrinhado em um andamento lento, feito no contato de corpo e cimento. Álbum desfolhado a cada volta do skate – desembala-se de maratona e qualquer companhia. Tudo de mundo e movimento congraçados diz respeito à entrada incisiva, abissal (na horizontalidade do que aparece pela frente e pelas costas) no núcleo duro, irremovível, do estar-sozinho.

Depois da visita à casa de Marcianita – tudo o que ela ergue a contar da organização do acervo-de-música –, vivamente, outra velocidade se engata quanto mais demorado se torna o retorno para casa.

Seguir o DJ depois que a música desaparece.

Desaparecer –

Não em respeito a horizonte, à horizontalidade. Sim: seu poder de abrangência, som ausente/abstrato em aparência, rosto/câmara da noite –

Voltar a fazer emergir pessoas ao dia tal como as músicas se apresentam em uma sucessão surpreendida. De repente, Marcianita se põe a cantar.

Repousa aí a razão do convite para estar em sua companhia nesse fim de dia aberto da Avenida Angélica até Cerro Corá (uma só estirada pela megaurbe SP). Não apenas o fechamento do arquivo estava em pauta, mas principalmente a apresentação do canto da guardiã do pequeno museu preparado para escapar ao domínio doméstico.

Marcianita faz um pot-pourri (ao modo de ancestrais compilações de uma certa época). Engatilha canções eletrificadas no plug de um rádio ao longo dos anos até baralharem-se numa história (só conhecida a partir da reescuta, execução em bis), então deslocada de uma estrita cronologia.

Mescla a voz pregadora dos evangelistas desertados pelas periferias com tudo capaz de ser ouvido e memorizado. A história M.P.B atravessada por guitarristas, paradeiros mercadológicos de axés exortações ao funk projeto habitacional a perder de vista critérios apenas dos arranjos de alguma sonoridade, divisória sertaneja comandada por pilotos automáticos da programação digital. Até se perder a hora tanto quanto o controle sobre audição, lugar e pessoa.

Ela deixa tudo arquivado, bem gravado, no embalo para a Fundação da Música, com a qual firmou contrato de doação e manutenção do acervo Vazante. Só que agora se sobrepõe o material resultante da sua própria voz.

A fala de Marcianita replica, torna minha cabeça só-ouvidos.

Está pedindo a mim (porém, além) que seja dado um rumo ao seu testemunho, em depoimentos de uma longa convivência. Ou sob a forma de canto – a partir do universo DJ (Dario).

Ela mesma (canta) Marcianita. Canta "Marcianita".

"Diga se tenho boa voz.

Veja se é possível me divulgar, agora que você tem (só seu) um programa de rádio, Delta?"

Outra volta de Marcianita no tempo.

(Última versão do *hit*)

Redescoberta da Terra por velocidade, amores totais de todos os modos (quanto mais se projeta a viagem histórica/espacial imaginada rumo a Marte)

"Eu quero um broto sincero", de qualquer raça, qualquer silhueta e estatura//branca ou negra gorducha magrinha, baixinha gigante, alienígena.

Tal como dispara a composição latino-americana de José Imperatore Marcone e Galvarino Alderete, lá na frente do presente pós-atômico recém-instalado (há tantas décadas de um século que já foi para se engatar logo aqui, já de novo). Faz celebração do satélite rock, em sonda do feminino e da instância-relâmpago do momentâneo (captado como a mais arrojada antecipação). Documenta a si mesmo, em sua desenfreada dança. Todo canto só trata de-si, em mutação: entre a não-matéria e o impacto da carne tornada (mais do que tudo e bem antes) corpo:

"Broto" irrompe do solo – um ser de surpresa
e seu inumano plano visível a olho nu
desde a antecipação deflagrada no passado
Crescentemente (Marciana) Material

Até retornar como a face atual de uma remota
promessa: planeta ou consagração instantânea, como se

Fosse extraterritorial, *puro futuro, o fulgor de mulher e música*
invadido pelos corpos da existência imediata,
desde então. Para acontecer plenamente agora
depois de muito conhecida.

Ou o mais novo sucesso.

O mais novo sucesso (não importa de onde/quando/venha).

A dicção cantarolada da mulher se prolonga, a ponto de se tornar meu próprio pensamento. No caminho de casa, corto o deslizamento de meu brinquedo reincidente, final, cada vez mais conduzido vagarosamente.

Skate lento, tardio, sem conquista de nada, nem exibição para mais ninguém. Parece que a tábua e o corpo escoam no aguardo de alguém também muito lento e tardio. Talvez o suficientemente ativo sobre o solo à altura de meu rolamento pela rua, "não quero voltar para lá.

Como se eu não tivesse uma casa. Miro a cidade, do ponto onde me encontro, sem olhar para trás.

A velocidade das coisas e dos lugares passa por mim (uma pressentida sucessão). Torna-se mais intensa a aceleração quando estanco o volteio do skate e passo a caminhar.

Muita gente vai surgindo em volta. Em estado nascente, crescendo em lentíssima caminhada ou na prática de algum esporte noturno, muitos acenam a possibilidade de toque, na duração que for, à minha escolha. Ciclistas, skaters, atletas ou vagamundos: há noite nas ruas, no plano mais horizontal de atrito – volante – tábua sobre o asfalto ou passo a passo, marcadamente, a pé.

E se eu quiser muitos ao mesmo tempo – sexo é senso (sempre violação) – no momento em que estão passando por aqui (do meu lado?)

Ser da rua – estou na noite, não quero retornar. Justo agora que tenho um grande quarto alugado em um lugar só meu".

Delta
(Vazante DJ
página 218[11]

11 É preciso que a página citada tenha a mesma numeração da página que estará sendo lida quando for impresso o livro. O número 218, por exemplo, referido acima, deverá, então, ser mudado em função do volume que recepcionará página/texto . (DELTA. Vazante DJ. São Paulo: Wellek Editorial, p. 219)

Marcianita volta no tempo – giro sobre si mesma e “os homens de ciência” – Por conta de uma única música. Em seu poder de gravitação e desaparecimento – Marcianita, p. ex.

Uma canção apenas alude ao ato de congraçar o gesto de estar se fazendo, em transmissão, num dado instante/transcurso. Enfim, depois de muitos anos:

Um *hit.*

Por isso mesmo, nunca orbita oniscientemente à roda de si (siderado eixo)

Atravessa a mais improvável história/vida,

– Alguém ao léu –

Não cessa.

KOTTER
EDITORIAL

Este livro foi impresso em papel pólen 90g/m², tipografia Crimson, no inverno de 2018.